ÜBER DIE AUTORIN

Frauke Besteman wurde 1980 in Bonn als zweites Kind einer niederländischen Mutter und eines deutschen Vaters geboren und wuchs in einem kleinen Dorf in Nordrhein-Westfalen auf.

Von klein an war Schreiben ihre größte Leidenschaft, doch es ist eher einer Reihenfolge glücklicher Zufälle zu verdanken, dass sie 2015 unter einem Pseudonym ihren ersten Roman im Eigenverlag veröffentlichte. Im September 2016 folgte dann die erste deutsche Novelle. Nachdem sie weiterhin hauptsächlich Romane auf Englisch veröffentlichte, konzentriert sie sich nun ebenfalls auf den deutschen Markt.

DAS HORN

FORBIDDEN ARTEFACTS 9

FRAUKE BESTEMAN

IMPRESSUM

Erste Auflage © Copyright 2022 – Frauke Besteman
www.fraukebesteman.de

Buchsatz, Covergestaltung, Lektorat
Besteman Verlags- und Veranstaltungsservice
Waldweg 25 in 53340 Meckenheim
www.besteman.de

Covermaterial
MstudioG/ Shutterstock

Korrektorat/ Lektorat
Textcheck Agency / Ela Marwich

Herstellung und Verlag
BoD - Books on Demand, Norderstedt

ISBN: 978-375576772-5

Für meine Mutter, den stärksten Menschen, den ich kenne.

Vielen Dank Carmen Smorra, Ela Marwich, Julia Hapke und Karina Benedik.

Liebe Leserinnen und Leser,

dieser Roman ist in einer für mich sehr schweren Zeit entstanden. Gerade in den letzten beiden Wochen, in denen ich vorhatte, mich voll und ganz dem Schreiben hinzugeben, sind leider in meiner engsten Familie schwerwiegende, krankheitsbedinge Situationen vorgefallen, aufgrund dessen ich mich dieser Geschichte nicht so widmen konnte, wie ich es mir erhofft hatte.

Daher bitte ich die Kürze dieser Geschichte zu entschuldigen, wie auch eventuelle übersehene Fehler.

Eine zweite von potentiellen Fehlern bereinigte Edition wird so schnell wie möglich nachgereicht.

Vielen Dank für Euer Verständnis.

Der Schofar oder das Schofarhorn (von hebräisch שׁוֹפָר šōfār), auch Schaufor (aschk.), sophar (sef.), shoyfer (jiddisch) und shofar (englisch) geschrieben, und auch Halljahrposaune bzw. Hallposaune genannt, ist ein altes Naturhorn aus dem Vorderen Orient und das häufigste im Alten Testament erwähnte Musikinstrument.

Das aus dem Horn eines Widders oder eines Kudu gefertigte Instrument hat seinen Ursprung in der jüdischen Religion und dient wie zu biblischen Zeiten bis heute unverändert rituellen Zwecken. Der Schofar ist als einziges Instrument des Altertums noch heute in Synagogen in Gebrauch und zählt zu den liturgischen Instrumenten. Er wird wie ein Blechblasinstrument nach dem Prinzip der Polsterpfeife angeblasen.

[wikipedia.org]

Jericho aber war verschlossen und verwahrt vor den Kindern Israel, dass niemand aus oder ein kommen konnte, 2 Aber der HERR sprach zu Josua: Siehe da, ich habe Jericho samt seinem König und seinen Kriegsleuten in deine Hände gegeben. 3 Lass alle Kriegsmänner rings um die Stadt her gehen einmal, und tue sechs Tage also. 4 Und lass sieben Priester sieben Posaunen des Halljahrs tragen vor der Lade her, und am siebenten Tage geht siebenmal um die Stadt, und las die Priester die Posaunen blasen. (3. Mose 25.9) 5 Und wenn man das Halljahrshorn bläst und es lange tönt, dass ihr die Posaune hört, so soll das ganze Volk ein großes Feldgeschrei machen, so werden der Stadt Mauern umfallen, und das Volk soll hineinsteigen, ein jeglicher stracks vor sich. 6 Da rief Josua, der Sohn Nuns, die Priester und sprach zu ihnen: Tragt die Lade des Bundes, und sieben Priester lasst sieben Halljahrsposaunen tragen vor der Lade des HERRN.

[Buch Josha, Kapitel 6, die Bibel, bibel-online.net]

Kapitel 1

Der donnernde Klang eines Horns, dessen Ton so tief war, dass man es kaum hören konnte, war, was mich seit Keatings Betrug jeden Morgen aufschrecken ließ. Es fühlte sich wie eine düstere Prophezeiung an, wie ein Zug, der in Zeitlupe auf einen zurast, während man verzweifelt versucht, aus dem liegengebliebenen Wagen zu entkommen.

Nicht einmal Areions Anwesenheit änderte etwas an diesem Albtraum, dessen Einzelheiten ich vergaß, sobald ich mich aufsetzte und die Augen öffnete. Nur der Ton steckte noch in meinen Knochen.

Heute war es anders. Denn heute schrie ich auf.

Aufrecht in meinem Bett sitzend, war ich für einen Moment orientierungslos. Dann erkannte ich, wo ich mich befand: In meinem privaten Zelt im Camp bei der Ausgrabungsstätte.

Tief sog ich die leicht staubige und trockene Luft der Wüste in meine Lungen. Bastet sprang mir auf den Schoß. Sofort begann sie zu schnurren, als würde sie wissen, wie sehr es mich beruhigte. Automatisch legte ich eine Hand auf ihren leicht vibrierenden Körper.

»Ist alles in Ordnung?«, erkundigte sich die Fee im Schwert mit besorgter Stimme. »Es scheint so, als wäre der Albtraum heute schlimmer als sonst.«

»Mir geht es gut«, antwortete ich laut und nicht nur zur Beruhigung meiner besten Freundin.

Draußen vor dem Zelt hatten sich zwei Schatten geregt. Seit dem Diebstahl waren meine ›Schwerter‹ in erhöhter Alarmbereitschaft. Alle sechs waren mit mir in den Nord-Sudan gekommen. Glücklicherweise hatten sich alle vor Ort daran gewöhnt, dass ich ständig in Begleitung zweier Personen war, sodass ihnen gar nicht auffiel, dass Josie und Leo neu waren.

Seitdem Keating und Apophis das Horn gestohlen hatten, waren Wochen vergangen. Sowohl der Orden als auch die Polizei tappten im Dunkeln. Die beiden waren spurlos verschwunden. Keine einzige Kamera hatte sie aufgezeichnet. Nicht einmal eine Verzerrung, die darauf hingewiesen hatte, dass Tarntechnologie verwendet worden war.

Es war so, als wären sie nie dort gewesen.

Also musste Apophis die Technologie verbessert haben, sodass sie von den Kameras gar nicht mehr wahrgenommen worden waren.

Ich musste unwillkürlich an die Videoaufzeichnungen von Helikoptern denken, die so aussahen, als würden sie in der Luft stehen, weil die Rotoren zufälligerweise in der gleichen Frequenz rotierten, in der der Film aufgenommen wurde.

Aus Gewohnheit rieb ich mir mit meiner freien Hand über die Augen.

Ich hatte Areion zwei Wochen nicht mehr gesehen. Allerdings konnte ich nicht sagen, ob dies daran lag, dass er wegen des Diebstahls ebenfalls alarmiert war, oder ob ihn andere Aufgaben von mir fernhielten. Zumindest hatte er es sich angewöhnt, mir ab und an eine Nachricht zu schicken.

Nachdem ich mich ein wenig zur Seite gelehnt hatte, bekam ich mein Handy unter meinem Bett zu greifen und holte es hoch. Es war in eine luftdichte Tüte gepackt, weil der staubige Sand ihm sonst schaden würde. Als hätte Bastet den gleichen Gedanken, schüttelte sie sich wie ein Hund und hatte im Nu eine Aura aus Staub.

Es war halb acht Ortszeit und somit halb eins in der Nacht zu Hause. Ich hatte mich relativ schnell an die neue Zeitzone gewöhnt, während meine ›Schwerter‹ es genutzt hatten, um ihre Schichten zu koordinieren.

Das bedeutete, dass Kai und Leo vor zweieinhalb Stunden ihre Schicht angetreten hatten.

Weiter hier auf der Ausgrabungsstätte zu arbeiten, diente in allererster Linie dazu, meine wahren Aufgaben im Orden zu verbergen. Doch für mich war die Arbeit eine wahre Wohltat. Stundenlang den Sand zu pinseln, freigelegte Objekte zu studieren, mit Kollegen über die Funde zu philosophieren und alles zu katalogisieren, hatte etwas ungemein Beruhigendes.

Vor ein paar Jahren hätte ich jeden ausgelacht, der mir erzählt hätte, ich würde Freude an dieser filigranen Detailarbeit finden.

Mir war klar, woran das lag. Hier war ich in der Lage, Ordnung ins Chaos zu bringen und Kontrolle auszuüben. Ich konnte eben genau das tun, was mir in der Welt da draußen nicht vergönnt war. Es war eine Zuflucht für mich, meine Feste der Einsamkeit.

Die vier Jahre, in denen ich ohne Zwischenfälle an meiner Doktorarbeit arbeitete, hatten mir deutlich gemacht, wie mein Leben sein könnte, säße ich nicht dem Orden als Großmeister vor. Anders als noch vor ein paar Jahren kam ich nicht auf die Idee, mich in eine Zeit zu wünschen, in der alles noch leichter war. Denn mein abenteuerliches Leben hatte mir neben vielem Leid auch Schönes beschert. Areion, Kallisto, Isadora, meine ›Schwerter‹ und Bastet würde ich niemals wieder hergeben wollen. Und auch meine Suche nach Caliburn war eine Erfahrung, die ich nie vergessen wollte.

Trotzdem, nach Keatings Hochverrat wünschte ich mir, dass es diese vier Jahre voller Einfachheit nie gegeben hätte. Denn alles war plötzlich so viel schwerer und so viel belastender als zuvor.

Als ich mich auf meinen Arbeitstag in dem von mir beanspruchten Bereich des Tempels vorbereitete, fühlte ich zum ersten Mal so etwas wie ein schlechtes Gewissen. Ich hatte das Gefühl, dass ich nicht hier, sondern im Haupttempel sein müsste, um die Suche nach Apophis, Keating und dem Horn weiterzutreiben. Nur hatten wir alles versucht und nichts gefunden.

Mit meiner gepackten Tasche bewaffnet, verließ ich mein Zelt. Ich wünschte meinen zwei ›Schwertern‹ einen guten Morgen und machte mich auf den Weg ins Kantinenzelt.

Am liebsten hätte ich mir nur einen Kaffee geholt, aber mein Körper besaß einen Kalorienbedarf jenseits von Gut und Böse. Allein deshalb bestand die Hälfte des Inhalts meiner Tasche aus Frischhaltedosen, damit ich während meiner Arbeit snacken konnte.

»Ruhig wie immer«, ließ mich Kai wissen. »Sowohl hier als auch zu Hause«, fügte er verdeutlichend hinzu.

»Danke«, erwiderte ich.

Ich fühlte mich ein wenig in die ersten Wochen hier zurückversetzt. Damals hatte ich ebenfalls jeden Tag erwartet, es würde etwas geschehen, das meine sofortige Aufmerksamkeit verlangte. Doch vier Jahre war dem nicht so gewesen.

Mir war klar, dass vier Jahre in der Lebensspanne eines Atlanters nichts war. Es war wohl vergleichbar mit vier Monaten.

Diese Tatsache hatte Apophis genutzt. Zwar hätte ich ahnen müssen, dass irgendetwas im Argen lag, doch es gab keine Hinweise. Und ich war zu wenig im Tempel gewesen, um merken zu können, dass Keating sich verdächtig verhielt.

Frustriert atmete ich tief durch, als ich das große Zelt betrat, aus dem es herrlich duftete.

Kais knurrender Magen bestätigte mir, dass die zwei mit dem Essen auf mich gewartet hatten, so wie sie es immer taten.

Prüfend blickte ich mich um. Wie auch die Tage zuvor vermisste ich Eloises Präsenz schmerzlich. Ihre lebensfrohe, positive Art wäre jetzt eine willkommene Abwechslung gewesen.

Wie die Male zuvor schaufelten sich meine beiden Begleiter Unmengen an Essen auf ihre Teller, um mir einen guten Teil davon abzugeben, damit ich diese in meinen Frischhaltedosen verschwinden lassen konnte. Den Rest des Essens verbrachten wir schweigend, was für Kai und Leo ungewöhnlich war. Aber sie hatten gelernt, nicht laut zu denken, wenn ich so offensichtlich in Gedanken versunken war.

»Ich werde heute im Skriptorium arbeiten«, brach ich die Stille zwischen uns.

Die zwei jungen Männer sahen mich neugierig an.

»Ich will damit sagen, dass ihr nicht mitkommen müsst«, erklärte ich.

All meinen sechs Begleitern hatte ich den Weg zu der geheimen Halle im Herzen des großen Tempels gezeigt. Kai verzog sein Gesicht zu einem Grinsen. Mit Sicherheit erinnerte er sich gerade auch an das erste Mal, als wir in das vom Sand verschlungene Gebäude eingedrungen waren. Er glaubte immer noch, er habe mich dort alleine gelassen hatte, weil ich ihm mit allerlei Ammenmärchen über giftige Sporen Angst eingejagt hatte. Das war ihm ungemein peinlich.

»Ich muss dir etwas gestehen«, platzte es plötzlich aus mir heraus.

»Was?«, erwiderte Kai betreten.

Schnell senkte er seinen Blick auf seine Mahlzeit.

»Du hast mich damals nicht alleingelassen, weil ich dir Angst eingejagt habe«, erklärte ich und Kai blickte mich in einer Mischung aus Verwirrung und Neugierde an. »Jetzt, da ihr wisst, was ich bin, kann ich auch die Wahrheit sagen«, zögerte ich es noch ein wenig heraus. »Ich habe eine Fähigkeit, mit der ich anderen meinen Willen aufdrängen kann.«

Meine beiden Begleiter wurden blass und für einen Moment zweifelte ich, ob ich die richtige Entscheidung getroffen hatte, ihnen die Wahrheit zu sagen.

»Ich kann es an zwei Händen abzählen, wie oft ich diese Fähigkeit eingesetzt habe«, fügte ich hastig hinzu. »Und ich habe das damals nur getan, um zu verhindern, dass du mir in den Raum folgst, von dem ich nicht wusste, wie gefährlich er sein würde. Ich bin nicht so leicht zu töten, du schon.«

»Na, ob das so eine gute Idee war«, kommentierte die Fee im Schwert und war wie immer nur in meinem Kopf zu hören.

»Keine Sorge, ich erzähle ihnen nicht von dir«, gab ich schnell zurück.

»Danke«, meinte Kai und überraschte mich damit. »Es ist gut zu wissen, dass ich dich nicht freiwillig im Stich gelassen habe.«

Vielleicht kam es mir nur so vor, aber irgendwie glaubte ich so etwas wie Sarkasmus in seiner Stimme zu hören – nur war er nie sarkastisch.

»Es tut mir leid«, entschuldigte ich mich ehrlich und streckte meine Hand aus, um sie auf seine zu legen. »Ich dachte damals, die Last der Welt allein tragen zu müssen. Ich werde dir nie wieder eine Entscheidung auf diese Weise abnehmen, versprochen.«

Ich sah, wie Leo genüsslich seinen Rücken durchstreckte.

»Keinem meiner ›Schwerter‹«, gelobte ich. »Ich werde auch den anderen von dieser Fahrigkeit erzählen. Es ist wichtig, dass ihr wisst, wozu Atlanter alles in der Lage sind. Das Schwierige ist«, fügte ich hinzu, »dass nicht alle über die gleichen Fähigkeiten verfügen. Nicht alle können den Verstand manipulieren. Um ehrlich zu sein, weiß ich nicht sehr viel darüber.«

»Es wäre vielleicht besser gewesen, wenn du das für dich behalten hättest«, meinte Kallisto leise.

»Ich glaube, wenn man sich bewusst ist, dass es eine solche Fähigkeit gibt, ist man eher in der Lage, ihr zu widerstehen«, führte ich fort – meine Worte galten sowohl meiner besten Freundin, als auch den zwei Jungs. »Apophis besitzt diese Fähigkeit und ich möchte nicht, dass ihr ihm zum Opfer fallt.«

Mensch und Otherkin sahen sich kurz an.

»Dann macht es eventuell Sinn, das zu trainieren«, meinte Leo.

»Wenn wir wieder zu Hause sind«, bestätigte ich. »Ich halte es für das Beste, wenn Isadora dabei ist.«

»Glaubst du, es ist möglich, den Geist auf diese Weise zu trainieren?«, fragte mich Kallisto. »Mit dem Klang der Schale hat es nicht funktioniert, wie du dich sicherlich noch erinnerst.«

»Wie könnte ich das vergessen«, antwortete ich in Gedanken.

Nachdem ich versehentlich die Schwingung der Schale imitiert hatte, wollte ich verhindern, dass ich mit dieser Fähigkeit Schaden anrichtete. Aus diesem Grund hatten Isadora und ich nach einem Weg gesucht, diese Schwingung ohne eine Klangschale oder andere Hilfsmittel zu neutralisieren. Doch es war unmöglich. Also war mir nur die Technik geblieben. Aber auch eine Aufzeichnung von Isadoras Gegenschwingung war nur zum Teil erfolgreich.

»Das ist etwas anderes«, erklärte ich Kallisto. »Die Schale macht etwas mit dem Körper, aber die zweite Stimme etwas mit dem Verstand.«

»Wir kommen trotzdem mit«, meldete sich Kai zu Wort, der sich scheinbar mit Leo abgesprochen hatte, während ich in Gedanken versunken war.

»Nicht, dass du unseren Schutz bräuchtest«, sagte Leo grinsend. »Ich finde das Skriptorium unglaublich interessant.«

»Das ist mir gar nicht aufgefallen«, scherzte ich.

Die Ohren des Otherkin liefen rot an. Als er das erste Mal den Raum betreten hatte, war fast ein Regal mit antiken Schriftrollen zu Bruch gegangen.

»Ich werde dir nur mit äußerster Vorsicht über die Schulter schauen«, gelobte Leo aufrichtig.

»Von einer Katze hätte ich schon ein bisschen mehr Geschick erwartet«, neckte Kai. »Aber du bist ein Tollpatsch.«

»Katze?«, erwiderte Leo stirnrunzelnd.

»Du weißt schon«, sagte Kai und verkrümmte die Hände zu etwas, das wie Pranken aussehen sollte.

Der Otherkin fing lauthals an zu lachen, was die Aufmerksamkeit aller Anwesenden im Kantinenzelt auf sich zog. Schnell räusperte er sich.

»Weil ich ›Leo‹ heiße, ne?«, schmunzelte er. »Das ist kurz für Leonardo. Meine Mutter liebte die Turtles, oder Leonardo da Vinci, je nachdem wer fragt. Wohl eher, weil sie für Leonardo di Caprio schwärmte.«

Wir drei lachten leise vor uns hin.

»Was bist du denn dann?«, fragte Kai unverhohlen.

»Kai!«, ermahnte ich ihn. »Das ist nichts, was man einfach locker-flockig erzählt.«

»Schon okay. Das kann er ja wohl kaum wissen«, meinte Leo zu mir und wandte sich dann an seinen Kameraden. »Mich danach zu fragen, kommt ungefähr dem gleich, mich nach meiner Sexualität zu fragen.«

»Oh«, murmelte Kai – jetzt war er derjenige, der errötete. »Sorry.«

»Ich schätze, es gab mal Zeiten, da war es anders«, fuhr Leo fort. »Aber heutzutage sprechen wir nicht so offen darüber. Vermutlich, weil jedes Wort uns direkt in Lebensgefahr bringen kann.«

Wenn Kai bis jetzt verlegen war, so fühlte er sich nun offensichtlich betreten.

»Wenigstens können wir es verstecken«, versuchte der Otherkin es locker zu sehen. »Seine Hautfarbe zu ändern ist da weniger leicht.«

»Es ist dennoch Rassismus«, erwiderte ich.

Kai zuckte mit den Schultern.

»Es liegt in der Natur des Menschen, das, was sich von der eigenen Sippe unterscheidet, zu fürchten. Es ist bei uns teilweise nicht anders. Aber dadurch, dass wir uns verstecken müssen, hat sich das, was uns anders macht zu vielen Teilen zurückentwickelt.«

»Ist das so?«, hakte ich interessiert nach.

»Meine Art hatte mal Flügel«, sagte Leo.

Diese Aussage verschlug mir den Atem.

»Was?«, fragte Kai ungläubig. »Ohne Scheiß? Wie geil ist das denn?«

»Hatte«, betonte Leo.

»Oh«, erwiderte Kai zerknirscht.

Ich konnte dem Otherkin ansehen, dass er schon dazu bereit war, mehr darüber zu reden, doch der Ort war überaus schlecht.

Auch ich wollte unbedingt mehr wissen. Nichts an Leos Körper wies darauf hin, dass er die Veranlagung zu Flügeln hatte. War diese gar nicht mehr existent? Oder griff seine Art zu extremeren Mitteln, wie zum Beispiel einem operativen Eingriff, um alle Hinweise zu vernichten? Wie viele Otherkin-Arten mochte es nicht mehr geben, einfach weil sie nicht in der Lage waren, das, was sie außergewöhnlich machte, zu verbergen, oder zu verlieren?

Ich kam nicht umhin als es schrecklich zu empfinden, dass es überhaupt für Otherkin notwendig war, sich sozusagen zurückzuentwickeln nur wegen der Templer.

»Das tut mir alles sehr leid«, sagte ich.

Leo winkte ab. »Du kannst nichts dafür. Du versuchst doch, es besser zu machen.«

Zwar hatte er recht, aber das sorgte nicht dafür, dass ich mich besser fühlte. Ich musste daran denken, wie viel von der Kultur der Otherkin verloren gegangen sein musste, nur wegen der Angst der Menschen.

»Trotzdem ist es scheiße«, pflichtete Kai mir bei. »Ich bekomme immer mehr den Eindruck, dass wir Menschen über den Planeten herrschen, weil wir in der Lage sind, uns schnell fortzupflanzen und alles, was uns in den Weg kommt, niederzumachen. Seien es Pflanzen, Tiere, oder eben andere Wesen.«

Während ich beschloss meine Zustimmung durch Schweigen auszudrücken, sprach Leo frei heraus: »Ganz genau so ist es.«

In diesem Moment stellte ich mir die Frage, ob die Otherkin wussten, dass man sie erschaffen hatte, oder ob das Wissen über die Jahrtausende in Vergessenheit geraten war.

Dann erinnerte ich mich, wie Leo mich genannt hatte, als er mich das erste Mal sah, damals in Noahs Versteck – oder besser gesagt: Speisekammer. Er hatte wissen wollen, ob ich ein Engel sei. Also musste es eine Art Überlieferung geben.

Ich beschoss, dass dies nicht der richtige Ort oder die richtige Zeit war, ihn danach zu fragen.

Kapitel 2

Es war Viertel nach neun, als wir uns auf den Weg in den Tempel machten. Mittlerweile waren die Arbeiten weiter in das Gebäude vorgedrungen, aber auch jetzt noch erreichten die andersfarbigen Fähnchen und der Absperrung dienenden Bänder nicht meine orangenen.

Aufgrund meiner Doktorarbeit hatte ich Thoths Sanktum, welches offiziell als Skriptorium bezeichnet wurde, nicht geheim halten können. Vor allem auch, weil meine Begleiter in der stickigen Luft nicht atmen konnten. Wie viele der jahrtausendelang vergrabenen Räume hatte es eine Luftschleuse erhalten, um die Luftfeuchtigkeit und Luftzirkulation zu regeln.

Die Schleuse aus Panzerglas, die sich genau dort befand, wo ich mir mit Caliburn einen Durchgang in den einen Meter dicken Stein geschnitten hatte, sorgte nicht nur dafür, dass die Luft trocken war, sondern war auch mit einem Handscanner versehen worden, um zu verhindern, dass neidische Kollegen in diesem Raum ihr Unwesen trieben, wenn ich nicht da war.

Außerdem wollte ich nicht, dass jemand zufällig auf atlantische Technologie stieß, selbst wenn ich nichts dergleichen gefunden hatte. Aber die Halle war riesig und es gab möglicherweise noch mehr verborgende Türen, die ich noch nicht gefunden hatte.

Tatsächlich hatte ich mich aber auch noch nicht auf die Suche gemacht. Die Schriftrollen und Wände des Skriptoriums waren faszinierend genug und auch zentrales Thema meiner Doktorarbeit gewesen.

In dem Moment, als meine Hand vom Scanner als zutrittsberechtigt identifiziert wurde, erwachten die LED-Lampen hinter der Luftschleuse zum Leben.

Kai, Leo und ich betraten die Schleuse, deren Tür sich automatisch beiseiteschob und wieder schloss. Es gab weder Griff noch Hebel. Ich wollte es potenziellen Eindringlingen so schwer wie möglich machen. Sollte die Schleuse eine Fehlfunktion haben, würde ich mich schon irgendwie befreien können.

»Ich finde es immer noch unheimlich, dass diese Halle so dunkel ist«, kommentierte Kai, während die Luft in der Schleuse dem Sanktum angepasst wurde.

Jedes Mal sagte er etwas, um davon abzulenken, dass die Schleuse und auch der Generator, der für den Ausgleich der Luft zuständig war, ihn nervös machten.

Ich erinnerte mich noch daran, als ich diese Halle zum ersten Mal betrat. Damals wünschte ich mir, ich wäre in der Lage, Licht zu zaubern. Mittlerweile hatte Kallisto versucht, mir diesen ›Trick‹ beizubringen, mit wenig Erfolg. Ich war nur gut darin, mir die Finger zu verbrennen.

In den letzten vier Jahren hatte sich in diesem Saal einiges getan. Ich hatte einen Großteil der Schriftrollen, Pergamente und Folianten, die ich gesichtet hatte, an Konservierungsexperten übergeben.

Immer wenn ich Thoths Sanktum betrat, fiel mein Blick auf seine zweidimensionale, vier Meter große Darstellung auf der dem Eingang gegenüberliegenden Wand, in deren Auge das Juwel fehlte. Und, wie jedes Mal, hatte ich auch jetzt ein schlechtes Gewissen, dass ich den Stein zerstört hatte.

Auch heute erinnerte ich mich nur zu gut an die Begegnung mit Lilith und ich fragte mich, welches Wissen noch auf dem Juwel gespeichert gewesen war. Mein Instinkt sagte mir, dass die schwarze Fee nicht für die Fähigkeit gemordet hatte, die Spezies identifizieren zu können. Denn das konnte sie ohne jede Hilfe.

Es musste etwas anders sein. Und doch hatte ich diese Information bei Bastet nie abgerufen. Denn am Ende war sie die Wächterkatze meines Vaters.

Was immer es war, Lilith hatte verhindern wollen, dass dieses Wissen in Apophis' Hände geriet. Ich konnte nicht ausschließen, dass es bedrohlich genug war, um auch Atlan in Aufruhr zu versetzen, und das war das Letzte, was ich wollte.

»Alles okay?«, riss mich Leos Stimme aus meinen Gedanken.

Seitdem ich die Halle betreten hatte, war ich nicht einen Schritt weitergegangen, sondern starrte immer noch auf das Relief, welches in die Mauer aus Obsidian gehauen worden war.

»Ja«, erwiderte ich mit einem verlegenen Lächeln.

»Das passiert ihr öfters«, erklärte Kai und begann mit seiner üblichen Runde durch die Halle.

»Alles klar«, meinte Leo und lehnte sich mit dem Rücken gegen die Mauer neben dem Durchgang, um auf seinem Handy zu spielen.

Die Wände des Skriptoriums waren mit Obsidian besetzt worden, mit Ausnahme der Mauer, in die die Figur des Thoth hineingearbeitet worden war. Sie bestand ganz und gar aus Obsidian. Zumindest glaubte ich das. Ich hatte mir das vermeintliche Vulkanglas nie genauer angesehen, da ich zu sehr mit meiner Doktorarbeit beschäftigt gewesen war.

Als ich damals mit den Fingern gegen diese Mauer geklopft hatte, um sie in Schwingung zu versetzen, damit das Juwel aus seiner Halterung fiel, hatte ich vermutet, dass sich dahinter mehr befinden könnte.

Mittlerweile war der gesamte Raum kartographiert worden und es hatte keinen Hinweis gegeben, der diese Theorie bestätigte. Aber mein Bauchgefühl scherte sich nicht um die Karte.

Mir war auch schnell klar geworden, dass es sich beim Juwel nicht um einen Schlüssel gehandelt hatte. Denn es hatte ja immerhin im Auge gesteckt, als ich es fand.

»Was steht eigentlich auf dieser Wand?«, wollte Kai wissen.

»Es ist eine Auflistung seiner göttlichen Taten«, erwiderte ich, »und seiner mythologischen Geschichte. Also nichts Außergewöhnliches im Vergleich zu manch anderem Papyrus. Das eigentlich Bemerkenswerte ist das Material dieser Wand. Sie ist aus Obsidian. Ich habe die Lichter absichtlich so positioniert, dass es niemandem auffällt. Denn sonst wäre schon längst jemand in das Skriptorium eingedrungen.«

»Obsidian?«, wiederholte Leo staunend.

Nach Kais Reaktion zu urteilen, wurde ihm klar, dass er wohl auch beeindruckt sein müsste.

»Vulkanglas mitten in der Wüste«, bestätigte ich und half Kai damit aus. »Die Wand ist aus einem Stück und nicht einfach vertäfelt wie die anderen Mauern. Aber auch das ist schon bemerkenswert.«

»Warum?«, wollte Kai wissen.

Ich konnte nur mit den Schultern zucken.

»Das ist die Frage aller Fragen«, meinte ich.

»Vielleicht, weil es ihm gefiel?«, mutmaßte Leo und trat an die Wand heran.

»Die Antwort könnte durchaus so einfach sein«, sagte ich. »Zwar gab es Glas im alten Ägypten, aber es sah mehr wie glasierte Keramik aus. Obsidian ist auch selten durchscheinend, daher dürfte einem Menschen zu der Zeit der Unterschied kaum aufgefallen sein.«

»Bist du dir wirklich sicher?«, hakte Leo nach. »Ich meine, ich kann da durchsehen.«

»Wirklich?«, erwiderte ich überrascht. »Zugegeben habe ich nie versucht, da durchzuschauen.«

»Es wirkt eher wie durchgefärbtes Rauchglas«, ließ mich der Otherkin wissen.

»Deine Augen sind um einiges besser, als die eines Menschen«, erinnerte ich ihn, während ich neben ihn trat, um an der gleichen Stelle zu versuchen, durch das Glas hindurchzusehen.

Ohne meine Sehkraft durch meine Nanitozyten anzupassen, konnte ich nichts wahrnehmen. Aber das lag sicherlich auch an den Lichtern.

»Wenn was dahinter ist, kann ich es nicht sehen«, gestand ich.

»Es gibt sicherlich Geräte, mit denen man hinter das Glas schauen kann, oder?«, wunderte sich Leo.

»Ja, natürlich«, erwiderte ich. »Nur kann ich so ein Gerät nicht bedienen und ich möchte ungern jemanden in die Besonderheit dieser Halle einweihen, den ich nicht kenne.«

»Hast du Angst herauszufinden, was dahinter ist?«, fragte Leo geradeheraus.

Kai starrte ihn für einen Moment schockiert an, als wäre es tabu, im Zusammenhang mit mir von Angst zu reden.

»Vielleicht«, antwortete ich schulterzuckend. »Jetzt gerade beschäftigt mich das Horn. Wenn dahinter noch ein Artefakt ist, kann es gerne noch ein paar Wochen mehr dort auf mich warten.«

»Das ist nachvollziehbar«, entgegnete Leo.

Wir schauten uns kurz an. Da er wohl nichts mehr zu sagen hatte, nickte ich knapp und wandte mich dem letzten Regal an Pergamenten zu, die ich noch nicht genauer gesichtet hatte.

»Wie kannst du sie bloß fragen, ob sie Angst hat, Mann?«, flüsterte Kai seinem Kollegen zu. »Du hast sie kämpfen sehen. Daria hat vor nichts Angst.«

Leo schmunzelte, gab Kai aber keine Erwiderung. Auch ich musste lächeln. Vor allem aber, weil die zwei sich so gut verstanden. Dabei war ihnen von klein an beigebracht worden, den anderen zu fürchten.

Ich stellte meine Tasche behutsam auf einem der uralten Steintische ab, um sie zu öffnen und meine Spezialhandschuhe hervorzuholen, damit meine Haut das empfindliche Pergament nicht beschädigte. Für einen Moment zögerte ich, als mein Blick auf die Lanze fiel, die von mir zu einem dreißig Zentimeter kurzen Speer geschrumpft worden war. Sie sah aus wie ein Dolch.

Leider hatte Kallisto nicht die Fähigkeit, die Größe des Schwerts anzupassen, in dem sie eingeschlossen war, sonst hätte ich lieber Caliburn mitgenommen.

Ich konnte die scharrenden Schritte meiner beiden Begleiter hören, die mich vermuten ließen, dass sie sich langweilten. Zwar hatte Leo durchaus Interesse am Tempel, nur war er nicht in der Lage Hieroglyphen zu lesen, so wie ich es tat.

»Und diese Löcher sind zum Klettern?«, fragte er mich, nachdem ich das von mir ausgewählte Pergament vorsichtig auf dem Tisch vor mir ausgebreitet hatte.

Ich brauchte nicht hochzusehen, um zu wissen, wovon er sprach. Immerhin hatte ich die Löcher in der Obsidianwand selbst benutzt, in der Hoffnung an das Juwel heranzukommen.

»Ja«, antwortete ich, während ich mir zunächst die glitzernde Tinte genauer ansah. »Damit die Sklaven in der Lage waren, die gesamte Wand sauber zu halten.«

»Aber das Auge nicht, richtig?«, fragte Leo weiter.

»Lass sie doch arbeiten«, schalt Kai ihn genervt.

»Nein, darin befand sich ein Stein«, erwiderte ich abermals, ohne aufzuschauen. »Er wurde zerstört. Also bitte komm nicht auf die Idee zu klettern.«

Gerade war ich zu fasziniert von der Tatsache, dass die Hieroglyphen kaum verblasst schienen, als dass ich Leo meine volle Aufmerksamkeit geben wollte. Auch das Pergament schien flexibler als die meisten, die ich hier gefunden hatte.

»Schade«, meinte Leo halblaut.

»Ich sagte euch ja schon«, sprach ich ruhig, »ihr müsst nicht hier sein. Dies ist ein fest verschlossener Raum mit einem einzigen Ein- und Ausgang. Mir wird hier kaum etwas passieren.«

»Bis du versehentlich einen Hebel aktivierst und durch eine Falltür in den Tod fällst«, erwiderte Kai mit vollem Ernst.

Ich musste schmunzeln und sah ihn an, um ihn ein weiteres Mal aufzuklären: »Hier gibt es Flüche und keine Fallen. Das hat sich die Filmindustrie ausgedacht, sonst wäre es ja auch sehr langweilig.«

»Hier gibt es keine Flüche, also was, wenn es doch Fallen gibt?«, meinte Kai unruhig.

»Tatsächlich steht auf der Mauer vor dieser Halle ein Fluch«, klärte ich ihn auf.

Ich konnte zusehen, wie die Farbe blitzartig aus seinem Gesicht wich. Leo verkniff sich ein Lachen.

»Glücklicherweise kannst du ihn nicht lesen«, sagte ich weiter. »Also dürfte dir nichts passieren. Schaut ihn euch aber sicherheitshalber nicht an.«

»Das ist nicht witzig«, flüsterte Kai.

»Nein, ist es nicht«, pflichtete ich ihm bei. »Denn im Gegensatz zu den meisten altägyptischen Bauten ist dies tatsächlich ein besonderer Ort für den Gott Thoth gewesen. Oder sagen wir lieber: Atlanter.«

»Daran muss ich mich immer noch gewöhnen«, war es Leo, der dieses Mal sprach.

»Meinst du den Tempel, oder diesen Raum hier?«, erkundigte sich Kai.

»Beides«, bestätigte ich. »Das hier war nicht nur irgendein Tempel, sondern Thoths Sanktum. Er ist der Gott der Magie, Wissenschaft, der Weisheit und des Mondes ...« Ich war mit meiner Erklärung noch nicht fertig, aber als ich das Wort ›Mond‹ aussprach, hatte ich das Gefühl, eine Eingebung zu haben und schaute nach oben.

»Thoth hat diesen Raum versiegelt«, sagte ich nun mehr zu mir selbst, als zu meinen beiden Leibwächtern, und trat von meinem Tisch weg, um die Decke der Halle abzusuchen. »Es ist eine feste Steindecke«, stellte ich fest. »Aber das macht doch keinen Sinn. Er ist der Gott des Mondes.«

»Wäre ohne eine feste Decke der Raum nicht mit Sand gefüllt?«, wollte Kai wissen.

»Ja, natürlich«, bestätigte ich seine Vermutung. »Der Tempel war von Anfang an mitten in der Wüste, ohne eine Wasserquelle. Es wäre nicht zu verhindern gewesen, dass Sand in diese Halle eindringt. Also ist die Decke nicht seit der Versiegelung so, sondern von Anfang an.«

In meinem Kopf ging ich all das durch, was ich über diese Gottheit und ihre Mythen wusste. Wäre ich er und würde den Mond so sehr lieben, so würde ich mein Sanktum nicht so bauen, dass ich den Mond nicht würde sehen können.

»Jetzt wäre es wirklich praktisch, Licht zaubern zu können«, murmelte ich und seufzte dann. »Hätte ich in Physik nur besser aufgepasst.«

Alle Speziallichter waren fest installiert. Es war nicht möglich, sie zu benutzen.

»Warum?«, wollte Leo wissen.

»Mein Problem mit meinen nicht so menschlichen Fähigkeiten ist, dass ich sie irgendwie begreifen muss, damit ich mir vorstellen kann, wie es funktioniert und bei Licht habe ich keine Ahnung«, gestand ich.

»Licht ist Strahlung, die für das Auge sichtbar ist«, erwiderte er. »Also eine elektromagnetische Strahlung, um genau zu sein. Es ist eine Frequenz, die man sehen kann. Laut der Quantenphysik ist Licht keine Welle, sondern besteht aus Photonen, ein Elementarteilchen, dass sich mit der Lichtgeschwindigkeit bewegt. Hilft das?«

»Du bist ein Nerd«, meinte Kai.

»Nur weil ich Physik interessant finde?«, wunderte sich Leo. »Dann bin ich wohl ein Super-Nerd.«

»Tatsächlich hilft das«, bedankte ich mich bei Leo. »Aber ich möchte das ungern hier ausprobieren.«

Also beschloss ich, mithilfe meiner Nanitozyten meine Augen zu verbessern, um herauszufinden, ob meine Vermutung stimmte, dass auch die Decke dieser Halle zumindest zum Teil aus Obsidian bestand. Wenn sie es tat, dann war sie so verdreckt, dass ich nichts erkennen konnte.

»Und?«, erkundigte sich Leo interessiert, nachdem ich eine Weile gestarrt hatte.

»Ich schätze, wir müssten das Dach freischaufeln, um herauszufinden, ob es aus Glas besteht«, erwiderte ich und seufzte schwer.

Die Arbeiten, was das betraf, gingen nur langsam voran. Zum einen, weil die Priorität woanders lag, und zum anderen, weil das Freilegen ohne schweres Gerät vonstattengehen musste, um zu verhindern, dass unsere Ausgrabungsstätte Aufmerksamkeit auf sich zog und am Ende doch überfallen wurde.

»Ich wette, du könntest das beschleunigen«, tippte Leo und er lag damit nicht falsch.

»Ja, vermutlich«, überlegte ich.

Mir entging Kais überraschte Miene nicht. Es gab vieles, was ich meinen ›Schwestern‹ verschwiegen hatte. Dinge, die Josie und Leo von Anfang an wussten, als sie erfuhren, wer ich wirklich war.

»Nur riskiere ich damit auch, entdeckt zu werden«, erklärte ich. »Ich denke, es macht einfach mehr Sinn, zu versuchen, den Sand mit dem Helikopter wegzuwehen, als dass ich meine Kräfte einsetze.«

»Kräfte«, wiederholte Leo ungläubig. »Du bist so etwas wie ein Atlanter, die wiederum für uns Götter, Engel und Dämonen waren … und die Dunkelheit. Was für Kräfte hast du denn noch, abgesehen davon, dass du den Verstand beeinflussen kannst?«

»Das weiß ich nicht so genau«, gestand ich.

Kai runzelte die Stirn und auch Leo schien von meiner Aussage überrascht zu sein.

»Ich beherrsche eine atlantische Kampfkunst, die kinetische Energie nutzt«, erklärte ich. »Aber ich habe nie wirklich mehr als das probiert.«

Während ich sprach, fiel mir ein, wie ich vor vielen Jahren das Handscannerschloss an der Schatzkammer meines Elternhauses manipuliert hatte. Jetzt kam mir das irgendwie unmöglich vor. Dann wiederum waren die Nanitozyten winzige biomechanische Roboter in meinem Blut. Zumindest hatte ich das damals geglaubt. Jetzt erschien mir das nicht mehr so plausibel.

»Dann solltest du das vielleicht mal ausprobieren«, schlug Kai vor.

Nun musste ich an Isadora denken, die vor über vier Jahren zu mir gekommen war, um mich in den Künsten der Hexen zu lehren. Und natürlich war da noch Areion. Nur war ich nie auf die Idee gekommen, ihn um Hilfe zu fragen, was meine Fähigkeiten betraf.

»Ich schätze, ich habe bis jetzt zu viel Angst davor gehabt, was ich kann«, sprach ich.

Es war Areion gewesen, der seine Vermutung zum Ausdruck gebracht hatte, dass meine Nanitozyten in der Lage waren, sich ohne Hilfe, ohne eine sogenannte ›Evolution‹ weiterzuentwickeln, so wie es bei Atlantern normalerweise üblich war, wenn man innerhalb ihrer Kasten aufstieg.

»Das hätte ich wohl auch«, meinte Leo.

»Aber warum?«, fragte Kai verständnislos. »Du könntest eine Superheldin sein und du möchtest es nicht ausprobieren?«

»Immer, wenn ich etwas Gutes tun wollte, habe ich Menschen verloren, die mir wichtig waren. Ich habe versucht, meinen besten Freund zu retten und er hat meinen Bruder getötet. Ich habe Caliburn gefunden und meinen Vater verloren. Was meinst du wohl, was geschehen würde, wenn man herausbekommt, wer ich bin? Es gäbe Menschen, die versuchen würden, mich zu töten, nur um zu sehen, ob ich kugelsicher bin. Die Presse könnte den Orden offenlegen und ihr alle wärt plötzlich in Lebensgefahr. Was meinst du, wie die Länder, die andere Glaubensgrundsätze haben, auf mich reagieren würden? Sie würden mich als eine Waffe sehen, die man gegen sie einsetzen kann. Nein, wenn ich da raus ginge und eine Superheldin spielen würde, käme mehr Schlechtes als Gutes dabei rum.«

Kapitel 3

Ein wildes Hämmern gegen die Panzerglasscheibe ließ mich jäh zusammenzucken. Sowohl ich, als auch meine beiden ›Schwerter‹ drehten sich der Quelle des Lärms zu.

Es war Simon. Er war blass und an Angst grenzende Sorge stand ihm ins Gesicht geschrieben.

»Mach ihm auf«, wandte ich mich an Leo, der zur Tür ging und den Knopf drückte, der die Luftschleuse auf der Eingangsseite öffnete.

Simon ging das sichtlich nicht schnell genug, aber das war nun mal das Prozedere, wenn wir die antiken Schriften beschützen wollten.

»Was ist geschehen?«, wollte ich von Simon in dem Moment wissen, als sich endlich die Schleusentür auf meiner Seite öffnete.

»Das musst du dir ansehen«, lautete seine Antwort und er holte sein Handy hervor. »Ich habe das Video heruntergeladen«, fügte er erklärend hinzu.

Normalerweise hatte man im Tempel keinerlei Empfang. Nicht einmal mit dem Satellitentelefon. Nur Bastet konnte aus irgendeinem Grund senden und auch empfangen. Aber das hatte ich niemandem mitgeteilt.

Als ich auf Simons Handy schaute, wurde mir klar, dass er das Video auf der Templer-App geladen hatte. In roten Buchstaben leuchtete dort im Banner über dem angehaltenen Video ›Code Schwarz‹. Sofort wurde mir übel, denn ich ahnte, was ich gleich sehen würde.

Apophis musste das Horn eingesetzt haben.

Ich fluchte innerlich, als ich mich wappnete, die Aufnahme anzusehen, doch nichts hätte mich je auf den Anblick vorbereiten können.

Alles war wie in meinem Traum. Panische Schreie, Brüllen, Kreischen, Menschen die rannten.

Mir kam die Umgebung irgendwie bekannt vor. Dann konnte ich im Hintergrund einen gigantischen dunklen Löwen auf einem Sockel aus hellem Stein sitzen sehen: Das war der Trafalgar Square in London.

Bestürzt legte ich meine Hand über meinen Mund. Fassungslosigkeit ließ meine Augen brennen, als ich sah, wie Otherkin in schierer Raserei um sich schlugen.

Krallen, Fangzähne, glühend rote Augen, Schaum vor dem Mund. Ihr Aussehen spiegelte das Tier wider, welches in ihnen wohnte. Das Horn brachte es zum Vorschein, aber auch mehr als das.

»Als wären sie tollwütig«, kommentierte Kai.

Auch in seiner Stimme lag Unruhe und ich konnte es ihm nicht verdenken. Seit Ewigkeiten hatten sich Otherkin nicht mehr in der Öffentlichkeit preisgegeben und dann auch noch in einer Weltstadt wie London. Dort war es gerade neun oder zehn Uhr morgens.

Dann erklang es. Das Horn. Es klang genau wie in meinen Träumen: Donnernd, dröhnend und so tief als wäre es in der Lage, die Erde aufbrechen zu lassen.

»Das Horn von Jericho, durch welches die Mauern der Heiligen Stadt selbst fielen«, wiederholte ich die Zeilen aus dem Index der Verbotenen Artefakte. »Wenn das Widderhorn geblasen wird und ihr den Hörnerschall hört, soll das ganze Volk in laut schallendes Geschrei ausbrechen. Darauf wird die Mauer der Stadt in sich zusammenstürzen; dann soll das Volk hinübersteigen, jeder an der nächstbesten Stelle.«

»Das Horn aus der Bibel?«, wollte Kai verdattert von mir wissen.

Ich warf ihm nur einen Blick zu und seine Miene wechselte von Verwirrung zu Schock. Nur sah Kai nicht mich an, sondern an mir vorbei.

»Scheiße«, stieß Kai tonlos aus.

»Daria, hinter mich!«, rief Simon entsetzt.

Sofort drehte ich mich um.

Ein animalisches Brüllen stieß mir entgegen, als Leos Augen mich rot glühend anfunkelten. Seine Haut hatte jede Farbe verloren und wirkte fast wie Marmor. Leos Hände hatten sich in Klauen verwandelt, die mit langen, schwarzen Krallen bewehrt waren.

Leo legte seinen Kopf zur Seite und sah mich mit einem prüfenden Blick an.

Wieder erklang das Horn aus dem Video und Leo antwortete mit einem fauchenden Brüllen, welches ich in meinem Körper spüren konnte.

Genau in dem Augenblick, als ich beruhigend zu ihm sprechen wollte, schlug er an mir vorbei nach Kai. Instinktiv sprang ich dazwischen und hob meinen Arm. Seine langen Krallen kollidierten mit dem glühenden Blau meines Medaillons. Ich war mir sicher, wäre das selbst-aktivierende Energieschild nicht gewesen, wären diese scharfen Krallen mühelos durch meine Haut und das darunterliegende Fleisch geglitten – vielleicht sogar durch den Knochen.

Als er mich ansah, lag in Leos Blick Verwirrung. Vermutlich darüber, dass ich zwischen ihn und sein Ziel gesprungen war. Diese Gelegenheit nutzte ich.

»Simon, Kai, raus!«, befahl ich. »Josie darf das auf gar keinen Fall hören. Schnell!«

Wenn die Otherkin im Lager Amok laufen würde, wären all unsere Bemühungen umsonst. Einmal davon abgesehen, dass ich Angst um ihr Leben hatte.

Kai war der erste, der den Knopf zum Öffnen der Tür erreichte. Hastig drückte er ihn. Leider hatte er dadurch sofort Leos Aufmerksamkeit. Wieder stellte ich mich zwischen die zwei Menschen und den Otherkin, der mich wütend anfunkelte.

»Es ist alles in Ordnung«, sprach ich ruhig zu ihm, doch schienen meine Worte keine Wirkung auf ihn zu haben. »Das Horn ist nicht hier.«

Ich fragte mich, wie lange es wohl dauern würde, bis Leo auch mich angriff. Oder tat er es nicht, weil ich eine Atlanterin war, oder einer zumindest sehr nahe-kam?

Als würde Leo mir eine Antwort auf meine Frage geben wollen, knurrte er mich wütend an. Dieser Ton war viel tiefer, als es für einen Menschen möglich war. Jetzt konnte ich mich unmöglich damit beschäftigen, welche Art Otherkin er war, auch wenn ich sofort auf Gargoyle tippte.

»Ich bin nicht dein Feind, Leo«, sagte ich sanft.

Dieses Mal formte er seine Augen zu Schlitzen, fast so, als würde er mich nicht verstehen.

Ich war davon ausgegangen, dass Otherkin auch in ihrem verwandelten Zustand in der Lage waren, die menschliche Sprache zu verstehen. Oder hing es hier und jetzt mit dem Horn zusammen?

»Leo«, sprach ich ihn fest an.

Von seinem Gesichtsausdruck zu urteilen, schien er zumindest seinen Namen zu verstehen.

Vielleicht lag es tatsächlich an der Sprache? Wenn das Horn etwas Instinktives in ihm auslöste und es von atlantischer Herkunft war, traf das vielleicht auch auf sein Sprachverständnis zu?

»Beruhige dich«, sagte ich sanft in der atlantischen Sprache.

Leo blinzelte. Dann ließ er seine Klauen sinken und streckte seinen Rücken ein wenig durch. Sein Blick war immer noch seltsam. Er verwandelte sich nicht zurück, aber er gehorchte meinem Befehl.

Mir wurde klar, dass das Horn nicht wie die Schale funktionierte. Es war viel schlimmer. Dieser markante Ton sprach nicht etwa einen Instinkt der Otherkin an, sondern die Nanitozyten in ihren Körpern. Sie waren es, die auf die Otherkin einwirkten und etwas in ihnen auslösten. Vielleicht eine Form von Rage.

»Ich muss mit Areion reden«, murmelte ich vor mich hin. »Ich hätte ihn von Anfang an einbeziehen sollen.«

Es gab einen einfachen, nur allzu menschlichen Grund dafür, dass ich Areion nicht über den Diebstahl des Horns informiert hatte: Ich wollte nicht, dass sich alles in unserer Beziehung um unsere Arbeit drehte.

Verärgert schüttelte ich den Kopf.

»Wie kindisch«, flüsterte ich.

Jetzt vermisste ich Kallistos scharfe Zunge.

Das unglaublich tiefe Knurren aus Leos Kehle riss mich zurück ins Hier und Jetzt.

Er hatte seine Finger wieder gespreizt und stand in leicht gebeugter Haltung neben mir, während er jemanden über meine Schulter hinweg anfunkelte.

Instinktiv drehte ich mich um und sah Kai und Simon in Begleitung von Josie vor der Luftschleuse stehen. Erleichtert atmete ich durch. Josie schien unter keinerlei Einfluss zu stehen.

»Du greifst niemanden an«, befahl ich ihm.

Leos Reaktion war ein enttäuschtes Quietschen, was fast schon etwas Niedliches an sich hatte.

Zuversichtlich und entschlossen nickte ich den dreien zu, woraufhin Kai seine Hand auf den Scanner legte.

Noch nie war mir das Durchtreten der Schleuse so langsam vorgekommen. Mir war klar, dies lag daran, dass ich so schnell wie möglich mit dem Rat in Kontakt treten musste.

Zwar hatte ich das Video nur kurz gesehen, doch es wäre irrsinnig zu glauben, der Londoner Tempel wäre in der Lage, die Situation allein zu klären. Niemals wäre der Orden auf die Idee gekommen, dass es jemals zu einem öffentlichen Zwischenfall kommen würde. Die Otherkin waren zu erpicht darauf, vor aller Augen verborgen zu bleiben.

Viel schlimmer war jedoch, dass ich mir nicht um den Tempel vor Ort Sorgen machen musste, sondern um die Menschen, die Polizei, ja, sogar die Armee. Ein Ausnahmezustand wie dieser würde Folgen haben.

Die Vorstellung, Polizisten und Soldaten in solch einer Konfrontation mit Otherkin zu sehen, verdrehte mir den Magen. Ihre Existenz wurde auf grausame Weise in die Öffentlichkeit gerissen.

Das Erste, was die Menschen fortan mit ihnen in Verbindung bringen würden, wäre das Massaker von London. Sie wären Monster. Es war genau das, was die Hardliner des Tempels von ihnen glaubten.

»Das war Keating«, sagte ich, denn es lag auf der Hand. »Aber warum?«

Josie, Simon und Kai sahen mich verwirrt an.

»Keating hat das Horn gestohlen«, klärte ich sie auf. »Außer dem Rat weiß niemand davon und das war ein verdammter Fehler.«

Während die Jungs mich erschrocken ansahen, wurde Josie blass um die Nase, als sie Leo anstarrte.

»Der Berserkerfluch«, erklärte sie mir, als ich sie mit fragendem Blick ansah. »Ich dachte, es wäre ein Mythos, ein Schauermärchen, das man uns als Kinder erzählt hat, aber es ist wahr.«

»Das passiert gerade in London«, teilte ich ihr mit.

»Bei den Engeln«, flüsterte Josie und schlug sich die Hand vor den Mund.

Sofort füllten sich ihre Augen mit Tränen. Ich war mir sicher, dass sie genau dasselbe dachte, wie ich.

»Ich muss mit dem Rat in Klausur«, sprach ich. »Es kann nicht warten. »Wir müssen aktiv werden und nach London, um Schlimmeres zu verhindern.«

»Was gibt es da zu verhindern? Sie werden alle wie wilde Tiere getötet werden«, sprach Josie scharf.

»Simon, du kommst mit mir«, ignorierte ich sie für einen Moment. »Kai, du bleibst bei Josie und Leo. Ich will, dass du ›bleibt ruhig‹ zu ihnen sagst, sollte sich ihr Zustand wieder verschlimmern.«

Ich sprach die beiden Worte in Atlantisch aus, der Sprache, die die Templer als Henochisch – die Sprache der Engel – kannten.

Kai nickte mir zu. Ich hatte ihn gewählt, weil ich wusste, dass er alles andere versuchen würde, ehe er Josie verletzte.

»Nein, ich muss mitkommen«, protestierte Josie.

»Das steht außer Frage«, verneinte ich vehement. »Wenn du dieses Horn hörst, wird mit dir das Gleiche geschehen und ich will dich nicht verlieren.«

Josie presste ihre Lippen zu einer dünnen Linie. Sie ballte ihre Hände zu Fäusten. Ich konnte spüren, dass sie sich absolut sicher war, helfen zu können, aber mein Argument war nicht ohne Gewicht.

»Wenn das Horn wie die Schale funktioniert, oder schlimmer, nicht du den Ton hören musst, sondern die Nanitozyten in deinem Körper, dann kann ich nichts tun, um zu verhindern, dass der Fluch auch dich packt«, erklärte ich. »Ich kann dich nicht beschützen, aber wir müssen sofort nach London, um zu versuchen, das Horn zurückzuerlangen. Deswegen habe ich keine Zeit, mit dir zu diskutieren.«

»Isadora«, meinte Josie.

»Isadora ist zu Hause und mit einer einfachen Wasserschale ist es hiermit nicht getan«, argumentierte ich.

»Sie sagte, du wärst in der Lage, den Nanitozyten direkte Befehle zu geben«, sprach Josie unbeirrt weiter. »Versuch es mit Leos«, forderte sie mich auf.

»Keine Zeit«, verneinte ich kopfschüttelnd.

Ich wandte mich von der Otherkin ab und nickte Simon zu, der den Knopf für die Schleuse betätigte, die sich mittlerweile wieder geschlossen hatte.

»Ich bin eine Sirene«, platzte es aus Josie regelrecht heraus, was mich innehalten und wieder zu ihr zurückdrehen ließ. »Ich bin eine Sirene«, wiederholte sie leise und blickte fast schon beschämt zu Boden. »Ich kann sie alle faszinieren. Ich kann ihre Erinnerungen nicht auslöschen, aber sie in Trance versetzen. Wenn wir die Otherkin alle wegbringen, werden die Menschen vielleicht glauben, dass es etwas anderes war. Bitte, lass mich helfen.«

Mit einem Mal wurde mir klar, warum Josie die ganze Zeit so reserviert war, warum sie Kai die kalte Schulter zeigte. Ich wusste nicht viel über Sirenen. Das meiste waren die Mythen und Legenden. Frauen, deren Gesang so wunderschön war, dass sie jeden, der sie hörte, in den Wahnsinn trieben.

»Simon, sag dem Hubschrauberpiloten, er soll sich bereit machen«, befahl ich dem Kopf meiner Schwerter.

Ohne zu zögern, betrat der Angesprochene die Schleuse und ließ sie schließen.

»Aber den Fluch kannst du nicht brechen«, meinte ich zu Josie, die daraufhin den Kopf schüttelte.

»Nein«, erwiderte sie. »Die meisten der Märchen sprechen davon, dass der Fluch nach einer gewissen Zeit von alleine stoppt, oder von einer guten Fee oder einem Engel gebrochen wird. Meine Trance dürfte aber stärker sein.«

»Also weißt du es nicht genau«, schlussfolgerte ich.

»Nicht mit Sicherheit, aber wir haben Leo«, gab Josie zu verstehen. »Wie hast du ihn beruhigt?«

»Er versteht die Sprache der Engel«, erklärte ich. »Was ja mit den Märchen übereinstimmt. Nur, dass der Berserkerfluch nicht gebrochen ist.«

»Vielleicht sind es bestimmte Worte«, mutmaßte Josie, was mich ihr nickend zustimmen ließ.

»Die Märchen sagen da nichts Genaueres?«, wollte ich von ihr wissen.

»Leider nein«, bedauerte Josie.

»Dann wäre es ja auch zu einfach«, seufzte ich und trat an Leo heran, um zu ihm in der Sprache meines Vaters zu sprechen: »Ich werde dich jetzt anfassen. Es ist alles in Ordnung.«

»Ich bin sowieso verblüfft, dass er die ganze Zeit so ruhig ist«, meinte Kai halblaut zu Josie.

»Es liegt sicher an ihr«, gab sie nach einem Zögern zurück. »Jemandem zu dienen ist etwas Besonderes.«

Mir entgingen ihre Worte nicht, ebenso wenig wie die, die Kai nicht ausgesprochen hatte. Jeder wäre wohl auf die Idee gekommen, Josie darauf anzusprechen, was für eine Art Otherkin sie war. Ehrlich gesagt hatte ich das auch von Kai erwartet. Zu meiner Überraschung tat er es nicht. Was mir nur verdeutlichte, dass es für ihn etwas Ernsteres war, als es mit mir je hatte sein können.

Das freute mich, aber es versetzte mir auch einen kleinen Stich, über den ich grinsen musste. Zu meinem Glück konnten die beiden diesen Gesichtsausdruck nicht an meinem Hinterkopf ablesen.

Behutsam legte ich meine Finger langsam um Leos Handgelenk. Seine Haut wirkte erstaunlich kühl, doch das konnte auch an der niedrigen Raumtemperatur des Skriptoriums liegen.

Leo reagierte gar nicht auf die Berührung, sondern schaute mich nur mit großen Augen an. Ich war froh und erleichtert, dass mein Befehl ausgereicht zu haben schien, ihn ihm Zaun zu halten. Allerdings gab ich Josie damit recht, dass es wohl nur deshalb so leicht gewesen war, weil im Unterbewusstsein des Otherkin ich sein ›Meister‹ war.

Die Vorstellung, dass Atlanter andere Lebewesen auf derart grausame Weise unterjochten, fand ich mehr als nur fürchterlich. Es war scheußlich.

Das wirklich Schlimme war, es stellte sich immer mehr heraus, dass sie weniger die Engel waren, als die sie sich darstellten.

Sie waren eher die Dämonen, für die die Templer sie hielten.

Schnell schluckte ich gegen den Kloß an, der sich in meiner Kehle bildete.

Ich war ihnen gegenüber stets voreingenommen gewesen. Denn damals, als ich das erste Mal von ihnen erfuhr, war ich nur zu glücklich, nicht Richards leibliche Tochter zu sein. Die Vorstellung, dass mein Vater ein Gott oder Engel war, gab mir neues Selbstvertrauen. Als mir klar wurde, dass er einer menschenähnlichen Spezies angehörte, die ihnen technologisch überlegen war, wollte ich nichts mehr, als zu ihnen gehören. Ich verliebte mich sogar in einen von ihnen.

Doch jetzt ... so viele Waffen und Gegenstände hatten die Atlanter erschaffen, die dazu dienten, andere zu unterjochen.

»Herrin?«, riss mich Leos entfremdete Stimme aus meinen Gedanken und ließ mich blinzeln.

Er hatte in der Sprache der Atlanter gesprochen. Überrascht sah ich ihn an und es stand Sorge in seinem Gesicht.

Ich zwang mich zu einem Lächeln und hob meine freie Hand zu seinem Gesicht. Als ich damals mit den Nanitozyten gesprochen hatte, die meinen Bruder in ein untotes Wesen zu verwandeln drohten, war es mir auch gelungen, sie davon abzuhalten.

»Schließ die Augen und entspann dich«, sprach ich ruhig zu ihm. »Der Kampf ist vorbei.«

Leo atmete scharf ein und wieder langsam aus und schloss seine Lider. Ich erwartete fast schon, er würde sich zurückverwandeln. Aber das wäre ein zu großer Zufall gewesen.

Etwas in mir ließ mich jedoch vermuten, dass es fast die richtige Formulierung gewesen war. Vielleicht gab es eine überlieferte Redensart, einen Trinkspruch, oder etwas dergleichen, der die richtigen Worte einhielt, aber es war schlicht und ergreifend keine Zeit dafür.

Auch ich atmete nun durch und schloss meine Augen, um mich auf meine Nanitozyten einzustimmen. Es war schon eine Weile her, dass ich dies das letzte Mal versucht hatte. Damals war es mir nicht in den Sinn gekommen, dass etwas schiefgehen könnte. Ich hatte es einfach getan. Doch mit der Zeit nahm die Sorge in mir immer mehr zu, dass mir etwas misslingen könnte. So vieles war in meinem Leben schiefgelaufen. Jetzt gerade vermisste ich Kallisto schmerzlich.

Es steckt in deinem Blut und in deinen Genen, versuchte ich mich zu ermutigen. *Es ist ein Schwarm, der in dir lebt und nur das Beste für dich will. Symbionten.*

Ich lauschte meinem Herzschlag und dann dem Rauschen in meinen Adern, genau dort, wo sich die meisten der Nanitozyten aufhielten. Mein Körper war ihre Welt, ihr Zuhause, das, was sie um jeden Preis am Leben hielten. Aber bei mir war es mehr als das. Sie halfen mir, wenn ich darum bat.

Ich brauche wieder eure Hilfe, sagte ich zu ihnen.

Wenn ich auf eine Reaktion wartete, so kam sie nicht, aber das war bis jetzt auch nie geschehen. Also versuchte ich, mir einfach vorzustellen, was ich von den mikroskopisch kleinen Symbionten wünschte, dass sie versuchten, mit Leos in Kontakt zu treten.

Die mussten die gleiche Sprache sprechen, denn wie sonst würde das Horn diese kleinen Wesen einen Befehl übermitteln können?

Wenn ein Verbotenes Artefakt dazu in der Lage war, mussten es meine Nanitozyten auch. Die einzige Sorge, die mich in dem Moment überkam, als ich das Gefühl hatte, meine Hände würden kribbeln, war, dass sie vielleicht gegeneinander kämpfen würden.

Vorsichtig bewegte ich die Hand, mit der ich Leos Gesicht berührte zu seiner Schläfe. Unter meinen Mittel- und Zeigefinger konnte ich seinen Puls spüren. Er schien mir unnötig schnell – sicherlich ein Effekt dieses Berserkerfluchs.

Es gibt keinen Kampf, keinen Krieg, versuchte ich Leos Nanitozyten mitzuteilen. *Der Befehl ist aufgehoben.*

Ich flehte innerlich, dass es doch so simpel sein könnte. So einfach, wie ich damals den Handscanner gehackt hatte. Es gab keinerlei Anzeichen, dass mein Versuch von Erfolg gekrönt war, aber ich konzentrierte mich weiter darauf, Leos Nanitozyten zu vermitteln, dass der Zustand, in den sie ihn versetzt hatten, unnötig war. Ich schloss die Augen, um mir vorzustellen, wie mein Wunsch in Erfüllung ging.

»Daria?«, erklang nach scheinbar einer Ewigkeit, Leos Stimme. »Was ist passiert?«

Erleichtert atmete ich auf, ließ ihn los und schaute ihn an. Die Hautfarbe des Otherkin wirkte immer noch unnatürlich und die Hände waren noch mit Klauen bewehrt, doch sein Blick war klar.

»Der Berserkerfluch«, erklärte Josie.

Leos Gesichtszüge entgleisten.

»Das war real?«, keuchte er ungläubig.

Um sich selbst die Frage zu beantworten, hob der Otherkin seine Hände und starrte auf seine Klauen. Seine Miene wechselte von Unglauben zu Scham und Beklemmung.

»Du hast niemanden verletzt«, sagte ich schnell.

Wieder konnte ich dabei zusehen, wie sich Leos Äußeres veränderte. Die Klauen verschwanden langsam und auch seine Haut wurde wieder rosiger.

»Der Ton«, stammelte er. »Dieser Klang …«

»Wir müssen nach London, um so gut es geht zu helfen«, ließ ich Leo wissen. »Aber ich werde dich mit Kai hierlassen.«

»Das war nur ein Handy«, sprach der Otherkin – fast so, als hätte er meine Worte gar nicht gehört. »Das wird überall geschehen.«

»Deswegen müssen wir versuchen, das Horn an uns zu bringen, jetzt, da wir wissen, wo es ist«, war es Josie, die nun sprach. »Ich werde mitgehen, da Daria in der Lage ist, den Fluch zu brechen.«

»Ich komme mit«, beschloss Leo.

»Nein«, verweigerte ich ihm den Wunsch. »Es hat lange gedauert, dich davon zu befreien. Wenn ihr zwei gleichzeitig dem Klang erliegt, schaffe ich das nicht.«

»Und was, wenn du den beiden den Befehl gibst, nicht auf den Ton zu hören?«, schlug Kai vor.

Wir alle wandten uns ihm zu.

»Wenn du ihm sagen kannst, nicht mehr auf das Horn zu hören, müsste es doch vielleicht gehen, ihnen zu sagen, dass sie es gar nicht tun sollen«, erläuterte er.

»Das macht Sinn«, pflichtete ich ihm bei. »Aber haben wir die Zeit, das zu testen? Denn die läuft gerade unerbittlich ab.«

»Wenn irgendjemand auf die Idee kommt, dass es wirklich der Ton ist, der offenbart, wer ein Otherkin ist, dann müssen wir versuchen, ob es möglich ist, diese Verwandlung zu verhindern«, sagte Josie.

»Sie hat recht, wir müssen es testen, jetzt, sofort«, gab Leo ihr recht. »Du versuchst es zuerst bei mir und sollte es klappen, dann bei Josie.«

»Einverstanden«, bestätigte die Otherkin nickend.

Die beiden ließen mir nicht wirklich eine Wahl. Ich war – um ehrlich zu sein – froh darüber, denn sie hatten recht. Dieser Ton war eine Waffe, die das Leben unzähliger Otherkin aufs Spiel setzte. Selbst wenn wir sie in die Hand bekamen, war es besser, wenn sie ihre schreckliche Wirkung, den Berserkerfluch, nicht mehr entfalten konnte.

»In Ordnung«, gab ich mich geschlagen. »Jeder, außer Leo, durch die Schleuse.«

»Jawohl, Boss«, erwiderte Kai und sprach damit für all meine anwesenden ›Schwerter‹.

Meine Nervosität stieg ins Unermessliche. Auch wenn es mir gelungen war, Leos Fluch zu brechen, so war das hier etwas ganz anderes. Eben hatte ich einen Befehl außer Kraft gesetzt. Jetzt würde ich versuchen, ihn zu löschen.

»Dann hacken wir mal einen Otherkin«, murmelte ich zu mir selbst.

Kapitel 4

Obwohl es mir gelungen war, Leo die Kontrolle über seinen Körper zurückzugeben, konnte ich mir nicht vorstellen, dass es ebenso leicht sein sollte, den Nanitozyten beizubringen, nicht auf den Ton des Horns zu hören. Aber vielleicht war es so einfach.

Ich erinnerte mich an das Grimoire, welches mir einfach Erinnerungen eingepflanzt hatte. Und das war mein Gehirn gewesen. Mit meinen eigenen Nanitozyten waren mir viele Dinge gelungen. Ich hatte verhindert, dass Gabriel ein Ghul wurde und Areion geheilt, als sein Körper nahezu blutleer war. Ich war in der Lage gewesen, unter Wasser zu atmen.

Meine Nanitozyten waren anders, als alle anderen, die Areion bekannt waren, denn sie lernten dazu. Alles, was ich Leos beibringen musste, war nur eine einzige Sache zu lernen.

Mir selbst zunickend, meine Lippen entschlossen zu einer Linie zusammengepresst trat ich an Leo heran und legte die Fingerspitzen dieses Mal auf seine beiden Schläfen.

»Schließ' deine Augen und entspann dich«, sagte ich zu ihm. »Sag etwas, wenn es unangenehm wird. Ich habe das nur ein einziges Mal gemacht.«

»Zweimal«, korrigierte Leo mich. »Du hast es eben das zweite Mal gemacht.«

Er lächelte mich ermutigend an. Ich versuchte, es auf gleiche Weise zu erwidern, aber ich konnte meine Sorge, dass ich ihn möglicherweise verletzte, nicht ganz unterdrücken.

Jetzt war nicht der Zeitpunkt, ihm zu sagen, was das letzte Mal geschehen war, als ein Atlanter namens Apophis versucht hatte, die Nanitozyten einer Spezies umzuprogrammieren.

Was ich vorhatte, war das Gleiche, aber nicht ganz dasselbe. Leo war ein Individuum, und wenn ich mich geschickt anstellte, konnte ich schnell genug reagieren, sollte etwas schiefgehen. Das hoffte ich zumindest.

Ich schloss die Augen und legte meinen Fokus auf meine Fingerspitzen, als wären sie ein Stecker, mit dem ich Zugriff zu Leos Körper erhielt.

Damals bei der Silvesterparty war es Apophis auch gelungen, mir die Fähigkeit der zweiten Stimme zu geben. Das hier war nichts anderes.

Meine Nanitozyten hatten die Fähigkeit zu lernen, etwas nachzumachen, etwas besser zu machen.

Es ist ein Upgrade, eine Impfung. Es schadet weder euch noch eurem Wirt. Mehr noch, es verhindert, dass ihr Leo unnötig in Gefahr bringt. Es kann euch doch nicht gefallen, gezwungen zu werden, eine Verwandlung auszulösen.

Ich sprach mit ihnen, wie damals das Grimoire mit mir gesprochen hatte. Damals hatte ich mich nur ein wenig seltsam gefühlt, da ich keine eigenen Nanitozyten in meinem Körper hatte.

Mir wurde klar, dass das Grimoire damals so viele Nanitozyten wie möglich auf mich übertragen haben musste. Und diese waren darauf programmiert gewesen, Wissen zu speichern – zu lernen.

War dies der Grund, warum ich so anders war? Als Areion mir das Leben rettete und seine Nanitozyten in mich eindrangen, wurden diese zwei verschiedenen Arten zu einer neuen Art.

Meine Finger und schließlich meine Handflächen wurden plötzlich heiß. Ich hörte, wie Leo kurz stöhnte. Instinktiv öffnete ich meine Augen und zog meine Hände von seinem Kopf. Oder besser: Ich versuchte es. Sobald sich meine Fingerspitzen von seiner Haut lösten, konnte ich feine Blitze zwischen uns hin und her springen sehen – wie elektrische Entladungen.

»Es funktioniert«, flüsterte ich in einer Mischung aus Unglauben und Erstaunen.

»Mein ganzer Körper kribbelt«, stieß Leo heraus und blinzelte mit seinen Augen, als hätte er Mühe, seine Lider zu öffnen.

Sein ganzer Körper wirkte verkrampft.

»Wehr dich nicht dagegen, entspann dich«, sagte ich zu ihm.

Kaum hatte ich die Worte ausgesprochen, hörten die winzigen Blitze auf und der Otherkin verlor fast sein Gleichgewicht.

»Alles okay?«, fragte ich und streckte automatisch die Hand aus, um ihn aufzufangen, und bekam dabei einen kleinen Schlag.

Ich ignorierte den kurzweilig stechenden Schmerz und drehte mich der Schleuse zu. Simon setzte sich in Bewegung, ohne dass ich eine entsprechende Geste machen musste. Er betätigte den Mechanismus und ließ Kai mit Josie zurück, denen beide die Nervosität ins Gesicht geschrieben stand.

Leo und mir ging es sicherlich nicht anders. Wir mussten sofort ausprobieren, ob es funktioniert hatte, auch wenn ich seinen Nanitozyten Zeit geben wollte, die neue Programmierung anzunehmen.

»Meinst du, es hat funktioniert?«, wollte dieser von mir wissen und ich zuckte mit den Schultern.

»Also, irgendetwas ist passiert«, erwiderte ich. »Und ich habe dich nicht umgebracht.«

Leo fing an zu lachen.

»Das ist doch schon mal was«, meinte er.

Dieser Otherkin war einige Jahre jünger als ich. Nicht nennenswert viel, aber dennoch war es ihm auf irgendeine Art und Weise gelungen, seinen jugendlichen Leichtsinn zu bewahren. Ein wenig beneidete ich ihn darum.

»Hier«, riss Simon meine Aufmerksamkeit an sich, sobald er den Raum wieder betrat.

»Du kannst es abspielen«, ließ Leo ihn wissen. »Ich bin mir sicher, Daria hat es geschafft.«

Ich schenkte ihm einen zweifelnden Blick. Noch bevor ich irgendetwas sagen konnte, erklang hinter mir auch schon dieses dröhnende, donnernde Horn. Sofort war ich bereit, wieder zwischen Leo und Simon zu springen.

Argwöhnisch beobachtete ich den Otherkin und zuckte unwillkürlich zusammen, als ich sah, wie sein Gesicht wieder an Farbe verlor. Ein Knurren brach aus seiner Kehle, während er seine Augen zupresste und den Kopf kurz nach hinten lehnte. Seine Hände waren zu Fäusten geballt. Dann sprangen plötzlich seine Lider auf. Leos Augen waren nicht rot.

Erleichtert atmete ich durch, und doch erlaubte ich mir nicht, mich vollends zu entspannen.

Der Otherkin schüttelte sich. Sein Gesicht hatte wieder die normale, rosige Farbe. Leo öffnete seine Fäuste. Es waren keine Krallen zu sehen.

»Ich wusste, du würdest es schaffen«, sagte er mit einem breiten Grinsen zu mir.

Ich indes warf Leo einen weiteren skeptischen Blick zu und wartete, dass er sich dennoch verwandelte.

Wieder erklang das Horn durch den Lautsprecher des Handys. Leo zeigte dieses Mal keinerlei Reaktion.

»Wir sollten Josie reinholen«, schlug Simon vor. »Wollen wir hoffen, dass es bei ihr auch funktioniert.«

In seiner Stimme schwang Skepsis mit, die ich nur zu gut nachvollziehen konnte. Leo entging der Blick, den ich mit dem Anführer meiner persönlichen Garde tauschte, nicht. Ihm war anzusehen, dass er nicht daran glaubte, dass es irgendwelche Komplikationen geben würde, wenn ich versuchte, Josies Nanitozyten einem Upgrade zu unterziehen.

»Du bist keine Sirene«, meinte ich zu ihm. »Also kann man nicht automatisch davon ausgehen, dass es bei Josie auch so einfach funktionieren wird.«

»Okay, das macht Sinn«, gestand der Otherkin.

»Deswegen geht ihr beide bitte raus und schickt Josie herein«, fuhr ich fort. »Wir haben keine Zeit zu verlieren. Je länger London im Ausnahmezustand ist, desto schlechter stehen unsere Chancen, es zu lösen. Und ich muss wirklich mit dem Rat sprechen.«

»Ja, Ma'am«, erwiderte Simon und signalisierte Leo, ihm zu folgen.

Aus was für einem Winkel ich die Situation auch betrachtete, alles war zeitsensibel.

Die Geräusche, die die Schleuse von sich gab, klangen in meinen Ohren wie das Ticken einer Uhr. Und zwar der Zeitschaltuhr einer Bombe.

London lag in Chaos und ich experimentierte hier an Otherkin herum, wo ich eigentlich im Helikopter zum Flughafen sitzen sollte. Ich hoffte, dass der Rat zu Hause wenigstens schon zusammengekommen war und sich darüber beriet, wie sie die Situation in London unter Kontrolle bekommen konnten. Aber würden sie versuchen, die Otherkin zu schützen, wenn der Grund für die Existenz der Templer war, ebendiese zu jagen?

Für mich war klar, dass Apophis' Aktion nichts als eine Ablenkung war. Sie diente dazu, die Polizei in der britischen Hauptstadt beschäftigt zu halten. Er wusste, dass der Orden ihnen zur Hilfe eilen würde. Wenn die Erleuchteten – wie ich vermutete – Apophis dienten, würden sie lediglich die Däumchen drehen.

»Daria?«, riss mich Josies Stimme aus meinen düsteren Gedanken. »Ich wäre so weit.«

Mich selbst ermutigend, atmete ich einmal durch. Es ärgerte mich, dass ich so verunsichert war, doch das lag daran, weil ich das Gefühl hatte, mit einem Leben zu spielen. Mehr noch: Als würde ich russisches Roulette spielen. Denn ich hatte nicht wirklich eine Ahnung, was ich hier tat.

Leos und Josies Vertrauen bestärkte mich nicht, sondern gab mir nur ein schlechtes Gewissen.

Verdankte ich mein Selbstvertrauen allein Kallisto?

Wieder hob ich meine Hände, um sie behutsam an Josies Schläfen zu legen. Sie schaute mich scheinbar furchtlos an. Währenddessen machte ich mir Sorgen, dass ihre Nanitozyten mein Handeln als Angriff werten konnten. Anders als bei Leo war sie dem Klang des Horns noch nicht ausgesetzt gewesen. Ich konnte also nicht sicher sein, dass es genauso ablief, wie bei Leo.

Aber meine Nanitozyten kannten nun den Befehl in ihrer Sprache. Vielleicht wäre es dieses Mal einfacher.

»Sobald es wehtut, lass es mich wissen«, sprach ich zu Josie. »Sag etwas, bevor du vielleicht aus Reflex deine Stimme einsetzt.«

»Ist das deine Sorge?«, erkundigte sich Josie – die Überraschung stand ihr ins Gesicht geschrieben. »Die Wirkung ist nicht zu lange und ich kann sie auch wieder aufheben. Außerdem heißt es, dass die Engel gegen den Klang immun sind.«

»Ist das so?«, hakte ich nach. »Na ja, ich bin nicht so wie die anderen ›Engel‹.«

Ich hob die Hände und signalisierte mit ihnen die Anführungszeichen.

»Das stimmt«, bestätigte Josie.

Ihr Ton machte deutlich, dass es in ihren Augen ein Kompliment war.

»Danke für dein Vertrauen«, platzte es aus mir heraus.

»Du machst es einem leicht«, erwiderte Josie mit einem Lächeln.

Ihre Worte machten mich ein wenig sprachlos. Mit Sicherheit stieg mir auch eine gewisse Röte ins Gesicht, auf die Josie nicht weiter reagierte, sondern ihre Augen schloss. Ich tat es ihr nach.

Als ich mich ein weiteres Mal darauf konzentrierte, die Kommunikation zwischen den Nanitozyten meines Körpers und denen meines Gegenübers herzustellen, schien es keinen Unterschied zu geben. Mehr noch, es kam mir vor, als wäre es einfacher als zuvor.

Fast schon bezweifelte ich, dass überhaupt etwas geschah, bis ich wieder diese Hitze an meinen Fingerspitzen wahrnahm. Dann folgte das fast schmerzhafte Kitzeln, welches verhinderte, dass ich meine Hände von Josies Kopf wegzog.

Automatisch öffnete ich meine Augen und konnte den Wechsel der Ausdrücke auf Josie sehen.

Just in dem Augenblick, in dem ich fürchtete, sie würde sagen, dass es ihr wehtat, hörten die kleinen Entladungen auf.

Ich wollte mich schon umdrehen, als Josie Simons Handy aus der Hosentasche an ihrem Hintern zog und mir überreichte.

»Danke«, sprach ich, als ich es ihr abnahm. »Ich glaube ein weiteres Mal auf die Schleuse warten hätte mich in den Wahnsinn getrieben.«

»Jetzt werden wir sehen, ob es geklappt hat und ob du meinem Sirenengesang widerstehen kannst, sollte es schiefgehen«, meinte Josie trocken.

»Ja«, meinte ich ein wenig entgeistert.

Mit einer wischenden Bewegung entriegelte ich den Bildschirm des Handys. Es zeigte das Video, das in der Mitte der Laufzeit angehalten worden war.

Diese Aufzeichnung musste vielleicht eine halbe Stunde alt sein. Wieder wurde ich mir der Dinglichkeit der Situation bewusst. Schnell drückte ich auf das Play-Zeichen in der Mitte.

Das Erste, was das Skriptorium mit Klang erfüllte, waren die Schreie der Menschen. Unwillkürlich musste ich an die Umwälzung denken, die über die Atlanter hereingerauscht war, wie eine biblische Flut.

Fetzen fremder Erinnerungen spielten sich vor meinem inneren Auge ab. So unklar diese Bilder auch waren, umso deutlicher war, was ich fühlte. Entsetzen, Schmerz, Hilflosigkeit.

Es war das, was mein Vater empfunden hatte, als er seine Frau und sein ungeborenes Kind verlor.

Das tiefe, donnernde Horn aus dem Video riss mich aus dem erstickenden Gefühl heraus.

Schnell stoppte ich die Aufzeichnung.

Instinktiv fokussierte ich meinen Blick aus der Ferne auf Josie, die mich ebenfalls ansah. Ihr Äußeres veränderte sich nicht. Ihre ungewöhnlich hellblauen Augen blieben unverändert.

Je länger ich sie ansah, desto attraktiver schien sie zu werden. War das normal? Oder sang sie etwa schon, ohne dass ich es hörte?

Ich versuchte mich darauf zu konzentrieren, etwas wahrzunehmen.

»Du hast es bemerkt?«, erkundigte sich Josie.

»Was war das?«, wollte ich von ihr wissen.

»Es ist eine Art Schwingung, die wir ausstoßen können, die bei Lebewesen in der nächsten Umgebung eine Erregung bewirkt«, erklärte die Sirene.

»Okay, das habe ich bemerkt«, gestand ich.

»Also hat es gewirkt?«, wunderte sich Josie.

»Ja, das hat es«, bestätigte ich. »Glaube ich. Aber ich finde dich auch ohne diese Schwingung hübsch.«

»Danke«, meinte Josie und wirkte tatsächlich ein wenig verlegen.

»Dürfte ich dich um etwas bitten, Josie?«, fragte ich spontan, als ich an die Schale dachte, von der ich die spezielle Schwingung hatte imitieren können, nachdem ich sie berührt hatte.

»Um was?«, erkundigte sich Josie.

»Dürfte ich dich berühren, während du das noch einmal machst?«, bat ich. »Ich möchte etwas probieren.«

»Na klar«, antwortete die Sirene schulterzuckend, trat auf mich zu, griff nach meiner Hand und legte sie auf ihre Kehle.

Sofort spürte ich die Vibration gegen meine Haut. Langsam kroch sie mir in die Knochen. Es war auf eine seltsame Art beschwingend, wenn nicht berauschend.

Vielleicht drei Sekunden vergingen. Dann hörte Josie auf und ließ meine Hand los.

»Hat es immer noch gewirkt?«, wollte die Otherkin von mir wissen.

Josie war offensichtlich davon ausgegangen, dass ich versuchen würde, der Wirkung zu widerstehen.

»Darum ging es mir nicht«, antwortete ich ehrlich.

Ich schloss meine Augen und konzentrierte mich auf meinen Kehlkopf und meine Stimmbänder. So sehr ich es versuchte, ich bekam diese Schwingung nicht hin.

»Du versuchst es nachzumachen«, erkannte Josie mit Erstaunen. »Dazu fehlen dir die Stimmbänder«, erklärte sie sofort. »Wir haben drei Paare, der Mensch und ich denke mal auch die Atlanter haben nur ein Paar, weil nicht mehr nötig ist.«

»Ich verstehe«, erwiderte ich und räusperte mich, was sie zum Schmunzeln brachte. »Und ich nehme mal an, dass dein Gesang auch aufgrund dieser Stimmbänderpaare funktioniert?«

»Richtig«, bestätigte Josie mit einem Nicken.

»Ich möchte es gerne hören«, sagte ich zu ihr. »Nur, um sicherzugehen, dass es bei mir nicht wirkt.«

»In Ordnung«, erklärte sich die Sirene mit einem Nicken bereit und stimmte ein Lied in einer Sprache an, die ich seit einiger Zeit nicht mehr gehört hatte.

Es war die Sprache der Feen.

Josie klang, als wäre sie ein Chor. Die Melodie war wunderschön und der Text kam einem Liebeslied gleich. Sofort konnte ich verstehen, wie dieser Gesang jemanden in seinen Bann schlagen konnte.

Auch ich war fasziniert von diesem Klang.

Lächelnd lauschte ich dem Lied, bis es zu Ende war. Dann schaute Josie mich neugierig an.

»Das ist wirklich sehr schön«, sagte ich zu ihr. »Aber auch irgendwo traurig. Ich kann verstehen, dass es Menschen verzaubert.«

»Aber nicht dich«, stellte die Otherkin fest.

Ich war mir nicht sicher, ob sie darüber enttäuscht war. Es war ihr auf jeden Fall nicht anzusehen.

Wieder musste ich mich räuspern. Vielleicht lag es an der trockenen Luft, aber mein Hals kratzte ein bisschen.

»Weißt du, ob dieser Zauber auch wirkt, wenn man dich berührt, während du singst?«, wollte ich von ihr wissen.

»Das weiß ich ehrlich gesagt nicht«, gestand Josie. »Wir müssten es wohl ausprobieren.«

»Dann machen wir das sofort«, beschloss ich und wandte mich Simon, Leo und Kai zu, die auf der anderen Seite der Luftschleuse warteten.

Ich zeigte auf Kai und bedeutete ihm, zu uns zu kommen.

»Wenn wir das wirklich in London machen und deine Gabe einsetzen, dann müssen wir sicher sein, dass die Jungs nicht deinem Zauber erliegen, oder wir müssen zu zweit gehen und das will ich nicht riskieren. Denn ich bin mir sicher, dass wir Erleuchteten über den Weg laufen werden, die vielleicht vorbereitet sind.«

»Warum Kai?«, fragte Josie nervös.

Mein Lächeln wuchs, als ich mich der Otherkin wieder zuwandte.

»Weil es für ihn nicht schlimm sein wird«, lautete meine Antwort. »Egal was passiert.«

Josie blinzelte verwirrt.

»Wie meinst du das?«, wollte sie wissen.

Zwar versuchte sie es zu verbergen, aber es gelang ihr nicht. Also schaute ich sie nur wissend an.

»Dann kann es sein, dass es nicht wirkt«, seufzte Josie. »Da er dieses Gefühl mir gegenüber schon hat. … Oder es wird viel heftiger.«

»Sollen wir dann lieber Simon reinbitten?«, hakte ich nach, aber sie schüttelte den Kopf und blickte zu Boden.

War das Verlegenheit auf ihrem Gesicht?

Empfand sie vielleicht doch etwas für ihn?

»Ich werde ihn aufhalten, ehe er etwas tut, okay?«, versprach ich ihr.

»Das wäre mir sehr recht«, gestand sie.

»Ist alles in Ordnung?«, meldete sich Kai mit einer verwirrten Neugierde zu Wort, während die Schleuse sich hinter ihm wieder schloss.

»Wir wollen ausprobieren, ob es sich mit Josies Gesang genauso wie mit der Schale verhält«, erklärte ich ihm und tat so, als hätte es den kurzen Austausch mit Josie nicht gegeben. »Also, dass man gegen die Wirkung immun ist, wenn man die Quelle des Gesangs berührt.«

»Ah, ok«, sagte Kai ahnungslos.

»Du bist das Versuchskaninchen«, erklärte ich ihm.

Erst jetzt begriff er und lachte verlegen.

»Okay, kein Problem«, erwiderte er.

Vorsichtig trat Kai auf Josie zu und legte ihr dann zögerlich eine Hand auf ihre Schulter. Daraufhin tat ich dasselbe bei ihm. Er wusste selbstverständlich nicht, dass ich das nur tat, um mein Versprechen gegenüber Josie zu halten.

»Ich bin bereit, wenn ihr es seid«, verkündete ich, nachdem sich eine betretene Stille im Skriptorium ausgebreitet hatte.

»Bin so weit«, bestätigte Kai knapp.

Ich konnte ihm anmerken, dass er nervös war.

Wieder begann Josie mit diesem wunderschönen Liebeslied der Feen. Kai spannte sich jäh unter meiner Hand an. Die Wirkung war in ihm sofort zu spüren, aber er schien sich dagegen erfolgreich zu wehren. Für einen Moment.

Ich bemerkte seine Bewegung, ehe er sie ausführte, und packte mit eisernem Griff seine Schulter, als ich »Stopp!« rief.

Dieser Befehl galt sowohl Josie als auch Kai. Doch während sie verstummte, versuchte er ihr immer noch näher zu kommen.

Die Sirene trat einige Schritte zurück, während Kai, einem Zombie gleich, versuchte, ihr zu folgen.

»Viel heftiger«, flüsterte Josie.

Ihr gequälter Gesichtsausdruck zerriss mir fast das Herz. War das der Grund, warum sie Kai keine Chance gab? Hatte sie Angst, ihre Fähigkeiten könnten etwas ruinieren?

Kai tat sein Bestes, um sich aus meinem Griff herauszuwinden, also packte ich ihn mit beiden Händen.

»Wie lange hält es an?«, wollte ich von ihr wissen.

»Das ist unterschiedlich«, erwiderte Josie, die Kai gar nicht ansehen konnte. »Normalerweise stehen sie einfach nur fasziniert da.«

»Kannst du es aufheben?«, hakte ich nach.

Gerade noch rechtzeitig konnte ich verhindern, dass Kai mir in die Hand biss, als er begann, sich gegen mich zu wehren.

»Nur mit dem Gegenzauber«, erklärte Josie und wirkte noch unglücklicher. »Indem ich ihn dazu bringe, mich zu fürchten und zu verabscheuen.«

»Das ist nicht nötig«, antwortete ich schnell und zog Kai in eine eiserne Umklammerung, indem ich meine beiden Arme von hinten um ihn schlang.

»Kai!«, sprach ich ihm mit meiner zweiten Stimme ins Ohr. »Komm zu dir!«

Er schüttelte den Kopf, aber wehrte sich immer noch gegen meinen Halt.

»Vergiss das Lied!«, befahl ich.

Kai hielt inne. Sofort ließ ich ihn los.

»Was ist passiert?«, fragte er verwirrt.

Josie starrte ihn überrascht an.

Jetzt war ich diejenige, die sich elend fühlte. So einfach hatte ich mein Versprechen gebrochen, diese Stimme nie gegen sie zu benutzen.

Die Alternative wäre für beide schlimmer gewesen.

»Es hat leider nicht funktioniert«, sprach ich und wandte mich ab, damit Kai mir nichts anmerkte, nur um mich mit Simons und Leos fragenden Blicken konfrontiert zu sehen.

»Was machen wir dann?«, wollte Kai wissen.

Die Ahnungslosigkeit in seiner Stimme gab mir ein fürchterlich schlechtes Gewissen.

»Ich werde den Klang der Schale benutzen«, sagte ich entschlossen. »Ich kann ihn imitieren.«

Mir kam es jetzt erst in den Sinn, diese Fähigkeit zu benutzen, denn sie kam dem Sirenengesang gleich, nur dass es die Leute lähmen würde.

Doch welche Alternative hatte ich?

Es war keine Zeit.

»Wie wäre es denn mit geräuschunterdrückenden Kopfhörern?«, schlug Kai vor.

»Haben wir die hier, damit wir sie testen können?«, wandte ich mich ihm zu. »Oder im Londoner Tempel?«

»Ich glaube nicht«, antwortete er.

»Wir haben einfach keine Zeit mehr«, erklärte ich. »Wir müssen jetzt los.«

»Ein Helikopter ist laut genug, um meine Stimme zu übertönen«, meinte Josie plötzlich. »Wenn wir zuerst abspringen und dann die Jungs, könnte es klappen.«

»Dann müssen wir es nur noch hinbekommen, dass wir mit einem Heli ins Stadtgebiet von London fliegen dürfen«, meinte ich ungläubig.

»Lass doch Sams Onkel dieses Problem lösen«, schlug Kai vor.

»Gute Idee«, pflichtete ich ihm nickend bei. »Lasst uns gehen. Wir müssen Otherkin verschwinden lassen.«

Kapitel 5

Ein beklemmendes Gefühl begleitete mich auf dem Weg zum Helikopter, der uns zum Flughafen bringen würde. Die Zweifel, ob ich wichtige Zeit verschwendet hatte, indem ich mit den Otherkin experimentierte, nagten an mir, obwohl ich wusste, dass es notwendig gewesen war.

Es lag einfach nicht in meiner Natur, abzuwägen und mich nicht sofort in die Lösung eines Problems zu stürzen. Dazu kam, dass diese Angelegenheit bisher für mich ungeahnte Ausmaße hatte. Denn abgesehen von der Schale waren in all meinen bisherigen Abenteuern nie unschuldige Menschen involviert gewesen.

Aber waren die Otherkin, die vor so vielen Jahren auf dem Campingplatz niedergemetzelt worden waren, nicht auch unschuldig gewesen? Ja, das waren sie.

Genauso wie die Otherkin, die durch das Horn gezwungenerweise verwandelt worden waren.

Apophis hatte bis jetzt immer verdeckt gearbeitet, oder im Verborgenen der Erleuchteten. Der Erzfeind des Ordens hatte sich in den letzten Jahren auch immer nur dann involviert, wenn ich im Spiel gewesen war.

Was hatte der geächtete Atlanter vor? Was war sein Plan? Warum war er auf einmal so mutig? Hatte er keine Angst mehr vor Lilith? Fürchtete er nicht, dass Atlan wieder eine Truppe schicken würde, um ihn zu jagen? Was hatte sich geändert?

All diese Fragen quälten mich. Denn ich hatte auf keine einzige von ihnen eine Antwort.

Der Rest der Schwerter erwartete uns schon im Hubschrauber, dessen Rotoren sich bereits drehten. Der Lärm war ohrenbetäubend, der sandige Wind war beißend. Josie hatte recht, dass sie wohl kaum diesen Krach übertönen würde. Das änderte aber nichts an der Sache, dass wir erst einmal einen Weg finden mussten, die Flugerlaubnis zu bekommen.

Wie die anderen schnallte auch ich mich an und setzte mir die Kopfhörer auf, über die wir miteinander reden konnten. Die große Militärmaschine, in der wir flogen, hatte keinerlei Geräuschdämmung, aber auch die moderneren Helis waren kaum leiser.

Kaum befanden wir uns in der Luft, ergriff Sam das Wort: »Ich habe mit meinem Onkel gesprochen. Er hat in Situationen wie diesen Befehlsgewalt und hat alle verfügbaren Krieger mobilisiert. Der Orden steht mit der Regierung in Kontakt. Scheinbar gelten wir bei ihnen als eine Art Spezialeinheit, die KRT, die für alle Art von Absonderlichkeiten hinzugezogen wird.«

Sams Worte beruhigten mich ein wenig. An die Möglichkeit, dass es solche Arrangements gab, hatte ich gar nicht gedacht. Aber es machte Sinn. Immerhin gab es die Templer seit Jahrhunderten. Warum sollten nicht auch wir, wie die Erleuchteten, unseren Weg in die verschiedensten Regierungsapparate gefunden haben? Dass wir unsere Connections hatten, war mir bewusst, aber eine Spezialeinheit? In wie vielen Ländern war es auch so?

Kurz schüttelte ich den Kopf über mich selbst. Über vier Jahre war ich nun Großmeisterin und wusste doch so wenig. Dann wiederum war vonseiten der Ratsmitglieder auch nicht viel unternommen worden, um mich zu unterrichten. Vielleicht lag das aber auch schlichtweg daran, dass ein Großmeister normalerweise vorher im Rat gedient hatte.

»Ist alles in Ordnung?«, hakte Sam nach.

Als Antwort nickte ich schnell.

»Fahr fort«, ermutigte ich ihn.

»Den Kriegern wurde die Anweisung gegeben, nicht-tödliche Geschosse zu verwenden«, sagte Sam.

»Man wird der britischen Regierung mitteilen, dass es sich um einen biochemischen Angriff gehandelt hat, der bei Menschen mit einem bestimmten Gendefekt eine Art tollwütige Reaktion auslöst.«

Verblüfft sah ich Sam an. Das gleiche Erstaunen stand auch den anderen ins Gesicht geschrieben.

Nachdem die Informationen in meinen Verstand eingesunken waren, überkam mich die Erleichterung. Ich sollte mir wirklich abgewöhnen, zu glauben, dass das Schicksal der Welt auf meinen Schultern lag. Die Ratsmitglieder wussten, was sie taten, allen voran Cross.

»Was hat er dazu gesagt, dass wir nach London fliegen?«, erkundigte ich mich bei Sam.

»Dass er dich wohl kaum aufhalten kann«, lautete die Antwort, die das ein oder andere ›Schwert‹ zum Schmunzeln brachte.

Recht hat er, meldete sich Kallisto zu Wort, die in ihrer Scheide auf meinem Schoß ruhte, direkt unter Bastet.

»Aber der Rat erwartet, dass du mit ihnen sofort in Kontakt trittst, sobald du die Möglichkeit dazu hast«, fügte Samson Cross noch hinzu.

Dieses Mal nickte ich.

»Im Flugzeug«, erwiderte ich.

Vielleicht war unser Einsatz gar nicht nötig. Wenn der Orden mit Betäubungsgeschossen vorging, könnte die Situation schnell gelöst werden. Die Wirkung des Horns könnte, bevor wir eintrafen, abgeklungen sein.

Den gesamten Flug über von der Ausgrabungsstätte bis zum Flughafen wurde mir immer deutlicher,
dass ich nicht die Richtige für die Position des Großmeisters war. Auch wenn ich anfangs den Vorsitz des
Rates dazu genutzt hatte, die Regularien zu erneuern,
hatte ich kaum Zeit damit verbracht, mir das Wissen
anzueignen, welches ich brauchte, um meine Aufgabe
auch wirklich zu erfüllen.

Ich musste mir eingestehen, dass ich die Position
nur akzeptiert hatte, weil ich nicht wollte, dass Keating
sie weiter innehatte. In meiner kindlichen Ignoranz war
ich davon ausgegangen, dass damit ihre fehlgeleiteten
Ambitionen gebändigt sein würden.

Letzten Endes hatte ich sie damit nur in Apophis'
Arme getrieben und ihm damit in die Hände gespielt.

Man konnte von Glück sprechen, dass die anderen
Ratsmitglieder sich ihre Positionen wahrhaftig verdient
hatten. Ich indes hatte mich als unfähig erwiesen, eine
Anführerin zu sein.

Vielleicht nicht, was meine ›Schwerter‹ betraf, aber
doch, wenn es um den Orden ging. Mit der einzigen
Ausnahme, dass es mir gelungen war, Otherkin mit in
die persönliche Garde des Großmeisters aufzunehmen.

Hatte Apophis deshalb das Horn geblasen? Oder
war es Keatings Idee gewesen? War dies ein Versuch,
die Templer daran zu erinnern, dass Otherkin nichts
anderes als wilde Tiere in Menschengestalt waren?

Das würde ich verhindern.

Während wir vom Helikopter aus zum Privatjet gingen, sagte ich kein Wort. Meine ›Schwerter‹ kannten meine Mimik mittlerweile gut genug, um zu wissen, dass ich nicht zu Gesprächen aufgelegt war.

Mir war klar, dass, wenn diese Situation geregelt war, ich mich würde entscheiden müssen, welchen Weg ich danach gehen wollte: mein ›normales‹ Leben, das, was ich bis jetzt geführt hatte? Vergraben in meinen Forschungen, Studien und Untersuchungen? Oder das des Großmeisters, welches mir abverlangen würde, mich ganz und gar dem Orden zu widmen.

»Daria«, sprach Josie sanft zu mir und legte eine Hand auf mein Knie – sie hatte sich mir im Flugzeug gegenüber gesetzt.

Kaum hatte sie meine Aufmerksamkeit, bedeutete sie mir mit den Augen, dass jemand anderes mit mir sprechen wollte.

Ich drehte mich in die entsprechende Richtung. Sam überreichte mir ein Tablet, auf dem ich den Raum des Rates sehen konnte. Wie immer konnte ich die Kamera mit einem Wischen auf dem Touchscreen im Kreis drehen, um mich einem Ratsmitglied zuzudrehen, während die anderen Ratsmitglieder mich auf ihren Tablets sehen konnten.

»Großmeisterin«, erklang Maria Marons Stimme in einem rügenden und zugleich sarkastischen Ton – sie war eine Verbündete Keatings gewesen. »Wie schön, dass sie sich zu uns gesellen konnten.«

»Ich wurde über die Schritte, die vonseiten des Rats in London eingeleitet wurden, informiert«, sprach ich und ignorierte dabei die Bemerkung der Frau. »Ich bin mit meinen ›Schwertern‹ auf dem Weg dorthin, in der Hoffnung, eine Spur des Horns aufzunehmen, aber auch, um die Wirkung, die der Klang des Horns auf die Otherkin hatte, aufzuheben.«

Die Verärgerung über Ratsmitglied Maron hatte meine Zunge gelockert. Aber ich hatte wie immer ein Ass im Ärmel. Daher nutzte ich die erstaunte Stille, die mir entgegen drang, um meine Worte zu erläutern und mich aus der Klemme zu winden: »Da zwei ›Schwerter‹ Otherkin sind, habe ich die Möglichkeit genutzt, um herauszufinden, ob Caliburn in der Lage sein könnte, die Wirkung des Horns zu brechen.«

»Und dem ist natürlich so«, sprach wieder Maron. »Wie immer löst das Schwert Ihre Probleme, Miss St. Claire.«

»Es heißt immer noch Großmeister«, schoss ich scharf zurück und wechselte dann das Thema, indem ich mein Sichtfeld auf Ratsmitglied Cross lenkte. »Gibt es Neuigkeiten aus London?«, erkundigte ich mich.

»Obwohl wir alle Mitglieder, die in der Lage dazu sind, sich gegen einen Otherkin zu verteidigen, in den Einsatz geschickt haben, sind diese nicht ausreichend. Es hat, soweit wir wissen, bereits auf allen Seiten Tote gegeben. Das Horn ist ein weiteres Mal ertönt, aber wir können nur vermuten, was das bedeutet.«

»Wir können nicht von den Pausen zwischen dem Erklingen des Horns ausgehen, dass es sich dabei um die Dauer der Wirkung handelt«, sprach ich. »Es liegt eher an Keatings Unkenntnis darüber, wie lange die Wirkung anhält.«

Die Stille, die sich nun ausbreitete, war die der Verwirrung und des Unbehagens.

»Ich weiß es, da es keinerlei Aufzeichnungen über die Wirkungsdauer in den Archiven des Haupttempels gibt«, fuhr ich fort. »Wie ich bei der Nachbesprechung zu meinem Aufenthalt in Japan sowie zum Überfall, der währenddessen stattfand, erklärte, nutzte Keating dies dazu, um ein Verbotenes Artefakt aus der Kammer der Fluchwächter zu entwenden.«

Das Schweigen, welches mir entgegen drang, hielt für einige Momente an, ehe sich Maron wieder zu Wort meldete: »Das hätten Sie uns nicht vorenthalten dürfen! Ein Artefakt von dieser Macht in den Händen einer Verräterin ist unverzeihlich!«

»Diejenigen, die mit der Suche nach Keating und dem entwendeten Artefakt betraut sind, hatten alle wichtigen Informationen«, warf Cross trocken ein. »Da der Verrat innerhalb des Rates stattgefunden hat, ist es nur nachvollziehbar, dass das Vertrauen unserer Großmeisterin dem Rat gegenüber gestört ist.«

»Das lässt sich als Vertrauter der Großmeisterin auch leicht sagen«, schoss Maron zurück.

»Es ist wahr«, sprach ich kühl.

Nun ging ein Raunen durch die Tafelrunde.

»Ich vertraue dem Rat ebenso wenig, wie er mir vertraut«, fuhr ich fort. »Dank einer Tradition kam ich zu meiner Position und ich nahm sie an, weil ich um die Ambitionen Keatings wusste. Doch dabei hätte ich es nicht belassen dürfen. Das ist meiner Unerfahrenheit geschuldet, aber auch der Tatsache, dass, abgesehen von Cross, kein Ratsmitglied selbst auf die Idee gekommen ist, sich groß für meine Ausbildung zu engagieren, oder versucht hat, mich kennenzulernen. Doch das ist ein Thema für eine andere Zeit. Fakt ist, Keating und die Erleuchteten haben in London das Horn von Jericho eingesetzt.«

Ich hörte, wie die ein oder andere Person, sowohl im Ratssaal als auch im Flugzeug, erschrocken nach Luft schnappte. Darauf konnte ich jetzt nicht eingehen.

»Es wird vielerlei Gründe haben, aber Keating kennt den Orden gut genug, um zu wissen, dass wir uns darauf konzentrieren werden, das Verbotene Artefakt wiederzubeschaffen. Keating weiß auch, wie sehr es mir am Herzen liegt, das Ansehen der Otherkin bei den Templern zu verbessern«, erklärte ich weiter. »Aber wir müssen herausfinden, warum sie ausgerechnet London ausgewählt haben. Denn um den Otherkin zu schaden, wären andere, schusswütigere Länder die bessere Wahl gewesen. Es muss etwas Wichtiges in London geben, was sie dazu gebracht hat, das Horn einzusetzen. Ich bitte den Rat darum, dies herauszufinden.«

»Aber der Grund unserer Existenz ist der Schutz der Menschen!«, protestierte Maron.

»Und genau das tun wir, indem wir verhindern, dass Artefakte, wie das Horn, in den Händen derer bleiben, die sie gegen Menschen einsetzen«, sagte ein anderes Ratsmitglied, welches ich nicht sehen konnte.«

»Was hat das damit zu tun, herauszufinden, warum es in London eingesetzt wurde?«, fragte ein weiteres.

»Keating hat die Schale eingesetzt, um das Horn zu bekommen«, erhob ich meine Stimme, darauf hoffend, damit eine Diskussion im Keim zu ersticken. »Es liegt nur nahe, dass sie das Horn einsetzt, um ein weiteres Artefakt oder etwas Mächtigeres zu erhalten. Daher die Bitte, Nachforschungen anzustreben. Liegt im Tempel in London ein besonderes Artefakt? Ist ein solches im Besitz eines Museums oder Sammlers?«

»Wir werden uns darum kümmern«, meldete sich Hannibal de Silva – Teresas Vater – zu Wort. »Dieses Horn ist bereits extrem gefährlich. Nicht auszudenken, wonach Keating als Nächstes suchen würde.«

Diese Antwort kannte ich bereits. Es war das, was Keating von mir verlangte, nachdem ich von der Suche nach Caliburn zurückgekehrt war: Artus' Krone. Nur wusste ich von der Feenkönigin Gwenhwyfar höchstpersönlich, dass sich die Krone auf Avalon befand.

Daher vermutete ich, dass diese ganze Aktion von Apophis geleitet wurde. Was immer es war, was sich in London befand, es musste verdammt wichtig sein.

»Ist es denn unbedingt notwendig, dass sie selbst nach London gehen, Großmeisterin?«, erkundigte sich ein anderes, weibliches Mitglied des Rates. »Was, wenn Sie gefangen genommen oder verletzt werden?«

»Das wird nicht geschehen«, versicherte ich. »Zum einen, weil niemand mit meiner Anwesenheit rechnet und zum anderen, weil ich einige der besten Krieger um mich habe, die mich beschützen. Das Horn hat keine Wirkung auf Menschen. Sofern wir nicht wissen, was in London gesucht wird, werde ich mein Handeln darauf beschränken, den Otherkin zu helfen, die unter dem Einfluss des Horns stehen. Auf gar keinen Fall darf dieser Zwischenfall dazu führen, dass Krieg gegen die Otherkin geführt wird. Sie triff keine Schuld, sondern den Erschaffern dieses verfluchten Artefaktes. Und mit einem von ihnen steht Keating im Bunde.«

»Eine ehemalige Großmeisterin, die sich mit einem Dämon verbündet«, wiederholte Ratsmitglied Maron ungläubig. »Nicht zu fassen.«

»Aber es ist so«, gab ich zurück. »Und ich muss zugeben, dass es sehr gut möglich ist, dass Keating mit Apophis in Kontakt stand, noch bevor sie mich auf die Suche nach Caliburn und Artus' Krone schickte.«

Nicht nur unter den Ratsmitgliedern breitete sich schon wieder Unruhe aus, auch meine ›Schwerter‹, die interessiert lauschten, tauschten nervöse Blicke aus.

»Apophis hatte auch meine Mutter unter seinem Einfluss«, erklärte ich.

»Ach, deshalb hast du sie des Rates verwiesen«, schlussfolgerte ein anderes Ratsmitglied falsch, aber ich tat nichts, um den Irrtum aufzuklären.

Meine Motivation dahinter war kindischer Natur gewesen. Glücklicherweise hatte genau dieses Handeln dazu geführt, dass sie für Apophis unwichtig geworden war. Genau aus diesem Grund hatte sich schließlich unsere Beziehung wieder verbessert.

»Auch wenn ich immer wieder dafür plädiere, den Otherkin Vertrauen entgegenzubringen, so müssen wir doch argwöhnischer werden«, fuhr ich fort. »Es ist eine gewisse Ironie, dass ich sagen kann, wir können gerade den Otherkin am ehesten vertrauen. Sie würden sich niemals in den Dienst der Erleuchteten stellen, die sie nur als Versuchskaninchen missbrauchen würden.«

Ich machte eine dramatische Pause, sodass meine Zuhörer meine Worte einsinken lassen konnten.

»Genau aus diesem Grund müssen wir ihnen jetzt helfen und zur Seite stehen«, fuhr ich fort. »Ich fürchte, es steht uns eine große Gefahr bevor, wenn ein Dämon derart kühn vorgeht. Wir werden jede Hilfe brauchen.«

»Ich gebe der Großmeisterin recht«, sprach Cross. »Wir befinden uns im Informationszeitalter. Wir wissen, dass Otherkin uns genetisch unglaublich ähnlich sind. Sie sind nicht bösartiger als normale Menschen. Es wird Zeit, dass wir den Rassismus beiseitelegen und uns den wirklichen Gefahren zuwenden: Kriegstreibern und Kriminellen, die über Leichen gehen.«

»Der Idealismus unserer Großmeisterin scheint Sie angesteckt zu haben, Ratsmitglied Cross«, meinte de Silva sichtlich amüsiert. »Aber es stimmt. Es hat seit sehr langer Zeit keinen derartigen Zwischenfall mit Otherkin gegeben. Die meisten von uns waren zu der Zeit nicht einmal geboren. Alle anderen Fälle, um die wir uns gekümmert haben, bestanden darin, dass sich ein Otherkin versehentlich zu erkennen gegeben hat.«

»Das ist jetzt aber doch Zukunftsmusik«, drang es von der anderen Seite zu mir herüber. »Wenn Sie am Ort des Geschehens eintreffen, ist die ganze Situation vermutlich schon längst geklärt. Es wird in London Abend sein.«

»Und London ist nicht der einzige Ort, an dem sich Otherkin verwandelt haben«, argumentierte ein weiteres Ratsmitglied. »Woher wollen wir wissen, dass das Horn tatsächlich in London geblasen wurde und nicht an einem anderen Ort auf dem Planeten? Was für einen Sinn macht es, nach London zu reisen?«

»Um die Reichweite und Lautstärke zu erreichen, hätte es einer Vorbereitung bedurft, die der Polizei in London früher oder später aufgefallen wäre«, erwiderte ich. »Darum ist es wahrscheinlich, dass das Horn in London ist. Zugegeben kann es durchaus möglich sein, dass sowohl das Artefakt als auch Keating und ihr Dämon zu diesem Zeitpunkt schon weg sind. Wenn wir allerdings in Erfahrung bringen können, warum sie dort waren, können wir sie vielleicht verfolgen.«

»Ich sehe es auch so, dass das Horn unbedingt in den Schoß des Ordens zurückkehren muss, wenn die Großmeisterin sich und ihre ›Schwerter‹ für das richtige Team hält, um das zu bewerkstelligen, und daher sage ich: Lassen wir sie gewähren«, sprach ein weibliches Ratsmitglied.

»Ich bin dafür, dass sich die Großmeisterin mit uns regelmäßig in Verbindung setzt, um sicherzustellen, dass es das Risiko auch wert ist«, sprach Cross.

»Einverstanden«, ging es durch die einzelnen Sitze der Tafelrunde.

Ich versuchte, meine Frustration zu verbergen. Sie versuchten, mich an die Leine zu nehmen.

Einerseits verstand ich, dass ich als Großmeisterin nicht die Freiheiten jedes normalen Ordensmitglieds hatte, doch mir zu unterstellen, ich wäre nicht in der Lage abzuwägen, wann meine Jagd nach dem Horn begann, sinnlos zu werden, kränkte mich.

Nur wussten sie auch nicht, dass ich unsterblich war, die Kampftechniken eines jahrtausendealten Atlanters beherrschte und dazu mit meinen Nanitozyten zu Dingen in der Lage war, die an Magie grenzten. Daher konnte ich Cross nicht wirklich böse sein.

»In Ordnung«, sagte ich schließlich. »Ich werde mich alle acht Stunden bei ihnen melden, angefangen um 18 Uhr Londoner Zeit.«

»Sechs«, widersprach jemand am anderen Ende.

»Vier«, sagte ein Dritter.

»Alle sechs Stunden beginnend um sechs Uhr abends Londoner Zeit«, bestimmte Cross.

»Einverstanden«, erwiderte ich schnell, bevor die Zahl wieder sank. »Ich melde mich dann.«

Sofort betätigte ich den Button, der die Video-Konferenz beendete und atmete tief durch.

»Puh. Das würde mir auch mächtig auf den Keks gehen«, gestand Kai.

»Nicht nur dir«, murmelte Josie.

»Da würde man meinen, dass du als Großmeister das Sagen hättest«, kommentierte Sam.

»Ich habe ein Vetorecht«, sagte ich, wobei es mir misslang, den sarkastischen Unterton zu verbergen.

»Wenigstens lassen sie dich etwas tun«, warf Leo ein. »Statt dich zurückzubeordern.«

»Das haben sie nur nicht getan, weil sie wissen, dass ich dennoch nach London geflogen wäre«, gab ich zurück.

»Ätzend«, sagte Kai.

Mir entging nicht, dass Mark und Simon darüber schwiegen, aber das war nicht weiter verwunderlich. Es lag einfach nicht in ihrem Naturell, von Ranghöheren bestimmte Dinge zu hinterfragen.

»Wir werden ein paar Stunden im Flieger bleiben«, seufzte ich. »Versucht, euch auszuruhen und ein wenig zu schlafen. Wenn wir Pech haben, laufen wir Apophis über den Weg und dann darf euer Verstand nicht träge sein.«

»Aye, aye, Ma'am.«

Es war nicht das erste Mal, dass wir gemeinsam eine Reise unternahmen und dennoch warteten sie erst einmal meinen Befehl ab, ehe sie es sich erlaubten, sich zu entspannen.

Kapitel 6

Trotz der Eintönigkeit des Fluges konnte ich nicht schlafen, also stopfte ich mich mit Süßigkeiten voll, die im Jet immer vorrätig waren. Da der Flug acht Stunden dauerte, gab es als Mittagessen den typischen Flugzeug-Fraß, der wenig nahrhaft war, aber unseren Hunger zumindest vorübergehend stillte.

Wir befanden uns zu der mit dem Rat vereinbarten Zeit immer noch in der Luft, aber dafür hatte ich die Genugtuung, dass alle Ratsmitglieder um Mitternacht im Tempel waren, um mit mir zu sprechen. Dies würde eine sehr kurze Konferenz werden. Zumindest hoffte ich das.

Anders als das letzte Mal zog ich mich nun in die letzte Reihe zurück und benutzte Ohrstöpsel, da Kai und Simon schliefen und die anderen gerade erst aßen.

»Willkommen zurück, Großmeisterin«, begrüßte mich Cross wie üblich als Erster. »Sie müssten noch in der Luft sein, korrekt?«

Während der Ratssitzungen wahrten wir immer die Formalitäten, auch wenn es kein Geheimnis war, dass Michael Cross oft auf meiner Seite stand. Meine Antwort auf seine Frage war ein Nicken.

»Wie ist die Lage in London?«, kam ich sofort zum Thema.

»Sie werden nicht glücklich sein«, gab mir Cross zu verstehen.

Instinktiv spannte ich mich an und wappnete mich für das, was ich erfahren würde.

»Die Situation konnte vollständig geklärt werden«, fuhr er fort. »Alle ›Befallenen‹ sind in verschiedenen Turnhallen zur Quarantäne untergebracht.«

Verbissen presste ich meine Zähne aufeinander, um mich davon abzuhalten, meinen Unmut über diese Tatsache preiszugeben.

»Die verstorbenen Otherkin wurden vom Tempel Londons separiert, damit keine Unwissenden mit ihnen in Kontakt kommen«, berichtete Cross weiter. »Es wird offiziell als eine biochemische Waffe mit unbekannter Herkunft behandelt. Weshalb die Otherkin von den Menschen getrennt werden konnten.«

Ein laut schnappendes, krachendes Geräusch ließ mich jäh zusammenzucken. Sowohl die Ratsmitglieder als auch meine Begleiter im Flugzeug schreckten auf.

Ich versuchte, mir nicht anmerken zu lassen, dass ich gerade eine Armlehne zerquetscht hatte.

Das Geräusch stammte vom Hartplastik der Lehne. Ohne mir dessen bewusst zu sein, hatte ich meine Finger in den Sitz gekrallt, um meine ansteigende Wut zu unterdrücken.

Der Londoner Tempel behandelte die Otherkin wie Menschen zweiter Klasse, zusammengepfercht in Turnhallen … Die Vorstellung war fürchterlich.

Natürlich wusste ich, dass dies wohl die normale Vorgehensweise im Falle einer Seuche war, weshalb ich mich ja bemüht hatte, mich zusammenzureißen.

»Was ist mit dem Horn?«, wechselte ich mit einer unbeteiligten Miene das Thema.

»Es ist noch einige Male ertönt«, antwortete Cross. »Wir haben eine Spezialeinheit in Zusammenarbeit mit der örtlichen Polizei darauf angesetzt, den Standort des Horns zu finden, aber allem Anschein nach ist dieser nicht permanent.«

»Aber wir wissen dafür, wo zugeschlagen wurde«, sprach de Silva. »Im Tower of London.«

»Der Tower of London?«, wiederholte ich.

Offensichtlich stand mir meine Überraschung ins Gesicht geschrieben.

Aber natürlich machte es Sinn.

Eine Touristenattraktion, aber auch der Ort, an dem die Kronjuwelen aufbewahrt wurden.

Ging es am Ende doch nur um Geld?

»Wissen wir denn, was entwendet wurde und wie es ihnen gelungen ist?«, erkundigte ich mich neugierig.

»Das ist das Problem«, erwiderte Cross. »Man will es uns nicht sagen. Befehl von der Krone.«

Jetzt war ich tatsächlich sprachlos.

»Was immer es ist«, meinte ein anderes Mitglied des Rates, »es muss etwas sein, das dem britischen Königshaus sehr unangenehm ist.«

»Aber wie sollen wir es dann wiederbeschaffen?«, fragte ich verblüfft und ignorierte, dass ich am Rande meines Sichtfeldes sah, wie die wachen ›Schwerter‹ dem Gespräch nun lauschten.

»Sie haben ihren eigenen Geheimdienst damit beauftragt, der KRT dient nur als Berater«, antwortete Cross.

»Also ahnen sie, dass wir ihnen das Objekt unter Umständen nicht aushändigen, sollten wir es vor ihnen finden«, mutmaßte ich.

»Die Vermutung liegt nahe, ja«, bestätigte de Silva.

Es war eine gewisse Ironie, dass ich sehr wohl in der Lage wäre, diese Information zu beschaffen.

Nur hatte ich nicht die geringste Ahnung, wie ich dem Rat das erklären sollte, ohne schon wieder das Schwert als Ausrede zu benutzen. Irgendwann würde man es mir einfach nicht mehr abkaufen.

Dann bemerkte ich Josie und mir kam eine Idee. Es musste ja nicht Caliburns Fähigkeit sein.

»Eventuell habe ich eine Lösung für das Problem«, erklärte ich. »Nur kann ich dem Rat leider nicht die Details nennen, ohne jemanden zu gefährden.«

»Was meinen Sie damit, Großmeisterin?«, meldete sich Maron wieder zu Wort.

Mittlerweile sorgte allein ihre Stimme dafür, dass sich mein Herzschlag erhöhte – und das nicht auf eine gute Art und Weise.

»Cross, sorgen Sie für eine Möglichkeit, dass mein Team und ich mit der Spezialeinheit reden können, die mit der Wiederbeschaffung des entwendeten Objekts betraut sind und wir finden heraus, was es ist«, erklärte ich kühl und bestimmt.

Es bestand für niemanden ein Zweifel daran, dass ich gerade einen Befehl erteilt hatte.

»Jawohl, Großmeisterin«, sprach Cross prompt.

»Unsere Priorität ist immer noch das Horn, aber das ist auch ein guter Grund, mit allen Beteiligten ein Gespräch zu führen«, fuhr ich unbeirrt fort. »Ist das Horn ganz sicher noch in London?«

»Mit ziemlicher Sicherheit«, bestätigte de Silva. »Der Tempelmeister vermutet, dass es dem Dieb des Gegenstands so die Chance gibt, London ungehindert zu verlassen, da nicht nur die Templer, sondern alle Sicherheitskräfte voll damit beschäftigt sind, die immer wieder aufkeimenden Herde einzudämmen.«

»Das klingt logisch«, kommentierte ich.

Während ich dieser Aussage nichts hinzufügte, fing mein Verstand an zu rattern. Dass Apophis jemanden zurückließ, um seine Flucht zu ermöglichen, passte zu seiner Art. Immerhin war nichts Geringeres als Lilith, die dunkle Fee, die sich selbst ›der Tod‹ nannte, hinter ihm her.

Die Frage war nur: Hatte er Keating selbst damit betraut? Oder opferte er einen anderen Verbündeten oder Unterstellten?

Warum sollte er Keating opfern? Das würde er doch nur dann tun, wenn sie keinen Nutzen mehr für ihn hatte. War es mit dem Diebstahl dieses unbekannten Gegenstandes getan? Oder war diese Jagd nach dem Horn einfach nur eine Falle?

Was, wenn Apophis vorhatte, dieses schreckliche Ereignis ganz und gar den Otherkin unterzuschieben, um zu verhindern, dass es nie zu einem Frieden oder gar Pakt zwischen den Templern und Otherkin kam?

Sollte ich mich nicht besser darauf konzentrieren, dass Horn in meine Finger zu bekommen, statt eines Objekts, von dem ich nicht einmal wusste, was es war?

Es wäre leicht, diese Frage mit ›Ja‹ zu beantworten. Doch wenn Apophis das Horn von Jericho, so kurz, nachdem er es an sich gebracht hatte, opferte, um etwas anderes in seinen Besitz zu bekommen, musste dieser Gegenstand noch mächtiger sein … oder viel wichtiger.

Und das machte mir wirklich Sorgen.

Was konnte wichtiger sein, als ein Horn, welches jeden Otherkin, der seinen Klang vernahm, in Raserei versetzte?

»Daria?«

Es war die Stimme von Michael Cross, die mich aus meinen Gedanken riss.

»Was immer es ist, was sie aus dem Tower of London gestohlen haben«, verkündete ich. »Wir müssen herausfinden, was es ist und es an uns bringen. Wenn die Erleuchteten und Keating so weit gehen und das Horn als Ablenkung nutzen, muss es extrem wichtig oder gefährlich sein, wenn nicht sogar beides.«

»Dem stimme ich zu«, erwiderte de Silva.

Cross wiederholte seine Worte, wie auch nach und nach alle anderen Mitglieder des Rates.

»Lassen wir die britische Regierung erst einmal in dem Glauben, dass wir ihren Alleingang respektieren, und konzentrieren wir uns auf das Horn«, beschloss ich. »Wenn wir es an uns gebracht haben, oder wissen, wo es ist, werden wir ganz uneigennützig unsere Hilfe anbieten. Dann werden meine ›Schwerter‹ und ich den Stand ihrer Ermittlungen in Erfahrung bringen.«

»Einfach so?«, hakte Maron ungläubig nach.

»Manche Leidenschaften führen zu nichts Gutem, Ratsmitglied Maron«, sprach ich eisig. »Wie Ihre, jedes einzelne meiner Vorhaben anzuzweifeln. Ich mag jung und unerfahren sein, aber ich bin nicht umsonst die Schwertträgerin.«

»Also ist es doch wieder das Schwert«, schnaubte Patrick Marons Mutter, die offensichtlich glaubte, dass es meine Schuld war, dass ihr Sohn nicht mehr der Knecht einer Großmeisterin war.

»Maria!«, wurde sie von einem anderen weiblichen Ratsmitglied ermahnt.

»Das glaube ich einfach nicht«, ließ sich die Frau nicht beirren. »So viele Fähigkeiten legt dieses *Kind* zutage. Das ist nicht menschenmöglich. Hier geht etwas nicht mit rechten Dingen zu!«

»Was auch immer es ist«, sprach de Silva. »Das Schwert, welches zweifelsohne Excalibur ist, hat sie auserwählt, es zu tragen. Die *Großmeisterin* kann also nicht unter einem schlechten Einfluss stehen, oder gar dämonisches Blut in sich tragen, so wie du es hinter ihrem und unserem Rücken anderen Mitgliedern dieser ehrenwerten Tafelrunde einzuflüstern versuchst.«

Oh, das ist neu, meinte Kallisto.

»Es gibt eine andere Erklärung hierfür«, sagte die Frau, die sich schon mehrmals für mich ausgesprochen hatte.

Cecilia van Goud war aus den Niederlanden zu uns gekommen und hatte den Platz ihrer Cousine Adelaide Keating übernommen. Ich konnte nicht sicher sein, ob die Unterstützung, die sie mir von Anfang an angedeihen ließ, nur dazu diente, den Namen ihrer Familie wiederherzustellen, sich bei mir anzubiedern oder ob mehr dahintersteckte.

Nachdem sich niemand zu Wort meldete, wurde ihr klar, dass man auf ihre Erläuterung wartete. Daher räusperte sie sich kurz und fuhr fort: »In der Familie der St. Claires fließt Engelsblut. Gut möglich, dass ihre Fähigkeiten daher stammen, dass es bei ihr stärker ist als sonst.«

Während sie sprach, hatte ich die Kamera Cecilia zugedreht, um mir ihre Mimik anzuschauen. Sie wirkte so, als würde sie glauben, was sie sagte.

»Hatte nicht auch Artus selbst Engelsblut?«, fügte sie hinzu. »Ist das Schwert nicht aus Sternenmetall oder gar Himmelsmetall? Liegt es nicht vielleicht daran, dass nicht jeder von uns es berühren kann?«

»Dann lasst uns den Test machen«, sprach Maron scharf. »Der Gral wird das Blut eines Engels erkennen.«

»Das wurde schon seit Jahrhunderten nicht mehr gemacht«, erwiderte ein anderes Ratsmitglied.

»Weil das Ergebnis immer negativ war«, gab Maria Maron zurück. »Und zugegeben wurde das Engelsblut immer weiter verdünnt, weshalb es nur logisch war, mit diesem Test aufzuhören.«

»Als sie vom Gral trank, hat sie bestanden«, sagte Cross. »Darum hat Keating sie überhaupt erst nach dem Schwert suchen lassen.«

»Vielleicht hat sie ja gelogen«, meinte Maron. »Ich würde es ihr zutrauen.«

»Woher hätte sie wissen sollen, was zu sagen ist?«, fragte ein anderer.

»Von ihrem Bruder?«, antwortete Maron.

Meine Geduld neigte sich dem Ende, dabei war diese verachtenswerteste Frau ironischerweise diejenige, die mir, ohne es zu ahnen, die perfekte Lösung serviert hatte. Mit ein wenig Hilfe von van Goud. Doch ich hatte nicht vor, sofort auf den Zug aufzuspringen.

»Jetzt ist nicht der Zeitpunkt über meine Herkunft und meine Glaubwürdigkeit zu diskutieren«, ermahnte ich alle Anwesenden – sogar meine ›Schwerter‹ horchten beim Klang meiner Stimme auf. »Es gibt jetzt viel Wichtigeres zu lösen und meine Herkunft gehört nicht dazu. Wenn ich zurück bin, können wir gerne in aller Ausgiebigkeit darüber diskutieren. Jetzt müssen wir ein Horn finden, welches – der Bibel nach – Mauern zum Einstürzen bringen kann!«

Für einen wunderbaren Augenblick herrschte eine atemlose Stille. Scheinbar besaß ich doch so etwas wie Autorität.

»Es müsste nun nach Mitternacht für Sie zu Hause sein«, sprach ich in einem sanfteren Ton. »Sicherlich sind Sie alle müde, daher werde ich die Sitzung hiermit beenden und wünsche Ihnen eine gute Nacht. Morgen hören Sie um sechs Uhr Ihrer Ortszeit wieder von mir.«

Ich wartete nicht ab, dass sich die Ratsmitglieder von mir verabschieden, sondern schloss die Videoapp.

Kapitel 7

Um halb neun Ortszeit landeten wir schließlich am City-Flughafen von London, der nur zehn Kilometer vom Stadtkern entfernt war. Meine Hoffnungen, direkt in einen Helikopter steigen zu können, wurden leider enttäuscht. Wir wurden stattdessen von vier schwarzen SUVs mit verdunkelten Scheiben empfangen.

Jeder von uns trug seine Waffen gemeinsam mit der nötigsten Kleidung in stabilen Trainingstaschen. Ich konnte mir bildhaft vorstellen, was wir, die wir auch schwarz gekleidet waren, für einen Eindruck auf jemanden machen mussten, der uns über das Flugfeld für Privatjets laufen sah.

»Der Londoner Tempel heißt die Schwerter des Großmeisters herzlich willkommen«, wurden wir von einem mir unbekannten Mann mit typisch-britischer Aussprache willkommen geheißen. »Wer von Ihnen ist der Schwertkopf?«, erkundigte er sich.

Wie immer, wenn ich mit von der Partie war, trat ich vor, denn offiziell war ich der Schwertkopf. Es war nur den Ratsmitgliedern bekannt, dass Simon diese Position eigentlich innehatte.

»Daria St. Claire«, stellte ich mich vor.

»Ah, die Schwertträgerin«, erwiderte der Mann mit einem freundlichen Lächeln. »Mein Name ist Arthur Meyers, Tempelmeister von Londons Templern.«

Überrascht blinzelte ich ihn an. Er war die Person des höchsten Ranges im ortsansässigen Tempel und er kam, um mich persönlich abzuholen? Nicht nur das, dieser Mann musste wissen, wer ich in Wirklichkeit war.

Ist das nicht seltsam?

Kallistos Kommentar stimmte ich im Stillen zu.

Ich habe ein ungutes Gefühl dabei.

»Es freut mich, Sie kennenzulernen«, sprach ich und reichte Arthur Meyers die Hand. »Es ist uns eine Ehre, von Ihnen persönlich abgeholt zu werden.«

»Es ist uns eine Ehre, dass Sie sich persönlich der Sache annehmen wollen«, entgegnete Meyers und neigte dabei leicht den Kopf, sodass es wie eine angedeutete Verbeugung wirkte. »Nicht, dass es wirklich notwendig wäre, Schwert und Schild zu schicken.«

Seinen indirekten, verbalen Seitenhieb nahm ich zunächst kommentarlos hin. Mich überraschte eher die Tatsache, dass der Rat mir vorenthalten hatte, dass sie Hektor Cross und Teresa de Silva ebenfalls nach London geschickt hatten.

Dann wiederum hatte ich den Abschied recht kurz gehalten. Vermutlich war Michael Cross nicht dazu gekommen, mir mitzuteilen, dass er seinen Sohn und meine ehemalige Ausbilderin im Nahkampf zur Hilfe schickte. Das war nicht unbedingt eine unüberlegte Entscheidung. Wir konnten nicht wissen, wie viele der Erleuchteten noch in London waren.

Somit blieb von der Wut, die in meinem Magen brodelte, nur die, die ich dem Briten gegenüber verspürte, übrig.

»Nun, allein die Tatsache, dass sie Unschuldige wie Vieh einpferchen und eine angebliche Seuche als Grund dafür nehmen, verlangt meine Anwesenheit«, gab ich scharf zurück. »Denn eine biochemische Waffe, die die Gene angreift, kann wohl kaum ansteckend sein. Vor allem, wenn sie weltweit gleichzeitig auftritt. Ist Ihnen da wirklich nichts Besseres eingefallen?«

»Es war die schnellste und einfachste Lösung«, gab der Tempelmeister zurück. »Diese Kreaturen haben jeden Menschen angegriffen, der ihnen in Sichtweite kam.«

»Wie lange hat es gedauert, herauszufinden, wo das Horn zuerst geblasen wurde?«, fragte ich ihn.

Arthur Meyers schien ob des plötzlichen Wechsels meines Diskussionsthemas ein wenig verwirrt.

»Wie lange hätte es daraufhin gedauert, mithilfe der Überwachungskameras herauszufinden, wohin sich diejenigen, die das Horn haben, bewegen?«, hakte ich weiter nach. »Wären sie nicht zu sehen gewesen, gibt es sicherlich detaillierte Aufzeichnungen der unterirdischen Wege und auch eine Überwachung der Wasserstraßen. Nein, es war Ihnen offensichtlich wichtiger, den Gegenstand zu finden, der entwendet wurde. Den Gegenstand, von dem es heißt, die britische Regierung habe uns darüber nicht informiert. Warum ist es dem Londoner Tempel wichtiger, der britischen Krone zu gefallen, als seine Pflicht zu tun, die Unschuldigen zu beschützen?«

Meyers öffnete mehrmals seinen Mund, nur um ihn wieder zu schließen, und erinnerte mich dabei an einen Fisch an Land.

»Ich hatte ein paar Stunden Zeit, um über diese Situation nachzudenken, und ich bin nicht glücklich, Tempelmeister«, fügte ich hinzu.

In diesem Moment war es mir egal, ob jemand eins und eins zusammenzählte und vermutete, dass ich womöglich die Großmeisterin war.

Meine Jugend hatte mir bisher immer in die Hände gespielt, aber so jung war ich nun auch nicht mehr. Kaum zu glauben, aber ich ging auf die dreißig zu, auch wenn mein Spiegelbild das nicht zeigte.

Just in diesem Augenblick ertönte abermals das Horn. Ich konnte den Ton in meinen Knochen spüren. Nur hatte ich keine Ahnung, wie nah es wirklich war, denn ich hörte es zum ersten Mal nicht über ein Video.

Arthur Meyers' Augen weiteten sich vor Angst, als er ahnungslos meine Begleiter anstarrte.

Jeder Tempel des Ordens war darüber informiert, dass ich zwei Otherkin als ›Schwerter‹ aufgenommen hatte.

Es war offensichtlich, dass er nur darauf wartete, dass Josie und Leo durchzudrehen begangen.

»Es ist intensiver«, gestand Josie.

Das konnte ich gut nachvollziehen, denn dieses Mal fühlte ich mich an meinen Traum erinnert.

»Leo?«, fragte ich, ohne mich zu ihm umzudrehen.

»Alles in Ordnung, Boss«, erwiderte er.

»Wie ist das möglich?«, wunderte sich Meyers in einer Mischung aus Erstaunen und Unglauben, die ihm regelrecht ins Gesicht geschrieben stand.

»Fakt ist, dass die leichteste Lösung noch lange nicht die beste ist«, wich ich einer direkten Antwort aus – noch wollte ich meinen Trumpf, wer mein leiblicher Vater war, nicht ausspielen, denn ich konnte mir nicht sicher sein, was diese Information für Folgen haben würde. »Ich verstehe, dass der Londoner Tempel so gehandelt hat«, lenkte ich ein. »Aber haben Sie versucht, den Betroffenen zu helfen, statt sie einzusperren und es einfach dabei zu belassen?«

Endlich sah ich so etwas wie Betroffenheit in der Miene des Briten. Damit würde ich mich erst einmal zufriedengeben müssen.

»Ich hoffe, all ihre Krieger sind damit beschäftigt, das Horn ausfindig zu machen«, warnte ich ihn. »Ich möchte ein Update über alle Bestrebungen und vor allem, wo das Horn ist.« Damit deutete ich in die Luft, auch wenn das dröhnende Geräusch längst verklungen war.

»Ja, Ma'am«, erwiderte der Tempelmeister nickend.

Dieses Mal wirkte seine Haltung mehr respektvoll.

Einigermaßen zufrieden nickte auch ich knapp und setzte mich in Bewegung, um zu einem der Wagen zu gelangen, die für uns bereitstanden.

»Simon, zu mir«, befahl ich. »Der Rest teilt sich auf die anderen Fahrzeuge auf.«

Es war nicht notwendig, mich umzudrehen, um zu wissen, dass meine ›Schwerter‹ mir Folge leisteten.

»Ich hatte vor, mit Ihnen gemeinsam zu fahren, um Ihnen den Stand der Dinge zu erklären«, warf er ein, während er versuchte, mit mir Schritt zu halten.

»Das machen wir im Tempel und in Anwesenheit meines Teams«, widersprach ich ihm. »Sie werden einen anderen Wagen nehmen. Schicken Sie meinetwegen einen Gardisten zu mir, aber ich will ihr Gesicht erst wieder im Tempel sehen.«

Dieses Mal nickte der Tempelmeister nur, aber ich konnte ihm ansehen, dass er noch etwas zu sagen hatte.

»Was gibt es noch?«, erkundigte ich mich bei ihm.

»Das ›Schild‹ wird in ungefähr zwei Stunden hier eintreffen«, informierte er mich.

»Sie werden sie über unseren aktuellen Standort informieren und dafür Sorge tragen, dass die beiden schnell zu uns gelangen«, trug ich ihm auf. »Ganz egal, wo wir zu diesem Zeitpunkt sein werden.

»Ja, Ma'am«, lautete die Antwort des Briten.

Das war streng, meinte Kallisto.

Vielleicht, gab ich im Stillen zurück, *aber ich sehe es auch nicht ein, seine Informationen wiederzukäuen, wenn er sie auch direkt allen vortragen kann.*

Mir war in den vergangenen zwei Stunden klar geworden, dass etwas nicht passte.

Wenn der Orden nicht in die Suche nach dem gestohlenen Gegenstand involviert war und sich nicht weiter um die betroffenen Otherkin kümmerte, wie konnte es dann möglich sein, dass sie den Standort des Horns bis jetzt nicht hatten ausmachen können? Und das auch noch, wenn es sich ganz klar noch in London befand?

Die einzig logische Erklärung hierfür war, dass der Tempelmeister dem Rat gegenüber nicht ehrlich war, und das machte mich wütend.

Allerdings wollte ich nicht vom Schlimmsten ausgehen und Arthur Meyers unterstellen, dass London oder Meyers allein mit Keating im Bunde war. Denn das wäre schlichtweg katastrophal.

Der Fahrer meines Wagens stand schon bereit, um mir die Tür zu öffnen. Ich stieg ein und rutschte mit meiner Tasche auf dem Schoß durch bis zur Tür, damit Simon genug Platz hatte.

Für einen Augenblick war ich verwirrt, als mir klar wurde, dass ich mich hinter dem Fahrersitz befand. Das war jedoch nichts im Vergleich zu dem, was ich fühlte, als sich der Mann auf dem Beifahrersitz umdrehte.

»Miss St. Claire«, sprach der Mann meines Alters mit einer Stimme, die mich erschaudern ließ, und einem Gesicht, das grausame Erinnerungen heraufbeschwor.

»Noah?«, flüsterte ich tonlos.

Instinktiv glitt meine Hand in die halb geöffnete Tasche und schloss sich um Caliburns Heft. Etwas hielt mich davon ab, ihn direkt anzugreifen: Die Erinnerung an einen Scharfschützen namens Ben, dem ich in Kyoto begegnet war.

»Nein, Ma'am«, erwiderte der Mann mit Noahs Gesicht – sein Lächeln verdrehte mir den Magen. »Mein Name ist Elias Pearson.«

Wie viele von euch gibt es?

Ohne ihm direkt zu antworten, starrte ich Elias einfach nur an, ehe ich mich entschloss, die Hand zu reichen, die er mit erkennbarer Begeisterung annahm. In dem Moment, als sich unsere Hände berührten, war mir, als würde ich von einem Blitz getroffen werden. Die Art und Weise, wie er meinen Blick erwiderte, sagte mir, dass es ihm ähnlich erging.

Etwas war anders an ihm. Anders als Ben, wenn nicht sogar Noah. Apophis hatte etwas an diesem hier verändert. Dessen war ich mir sicher.

»Angenehm, Elias«, zwang ich mich zu sprechen.

Ich bemerkte erst, dass ich nur seinen Vornamen nannte, als ich den schwer zu lösenden Griff beendete. Damit hatte ich ihm wohl angeboten, die Formalitäten wegzulassen.

»Gleichfalls«, erwiderte er mit einem strahlenden Lächeln.

Das scheint mir Liebe auf den ersten Blick zu sein, stellte Kallisto fest, aber ich beschloss, sie zu ignorieren.

Elias war nicht Noah. Das war mir klar. Doch die um einige Jahre jüngere Daria hätte bei dem Blick, den diese britische Version meines ehemals besten, von mir getöteten Freundes ihr schenkte, tausend Herzchen in ihr nicht existentes Tagebuch gemalt.

Schnell ließ ich das Schwert wieder los.

»Simon Ritter«, stellte sich mein Begleiter vor und schüttelte ihm ebenfalls die Hand.

Wie viele von ihnen gibt es wohl?, wollte ich dieses Mal von Kallisto wissen. *Und wer von ihnen war das Original?*

Was, wenn Noah eine fehlerhafte Version gewesen war? Oder Apophis irgendetwas an ihm verändert hatte, was seine Verwandlung überhaupt ermöglicht hatte?

Warum hatte ich das Gefühl, dass der Mann, den ich letzten Endes nie wirklich gekannt hatte, mich aus dem Grab heraus verfolgte?

Nein, das Einzige, was Noah von seinen anderen Versionen unterschied, war, dass er Kate kennengelernt hatte, und Kate hatte es nur einmal gegeben … oder nicht?

Wichtiger war doch, ob Elias Apophis kannte, oder nicht. Soweit ich wusste, war Noah mit ihm in Kontakt gekommen, genauso wie Adam, der an Noahs Stelle begraben worden war. Die Kopie namens Ben arbeitete für die Erleuchteten, also musste er Apophis irgendwie kennen.

Plötzlich überkam mich das unstillbare Bedürfnis, Areions Stimme hören zu wollen. Vorsichtig griff ich wieder in die Tasche und berührte dabei Bastets Fell, die zusammengerollt darin schlief.

Irgendwo in dieser chaotischen Mischung aus Waffen und Kleidung befand sich mein Mobiltelefon, welches ich achtlos in die Tasche geworfen hatte.

Nach einigem Wühlen, währenddessen ich die Blicke, die mir Elias immer wieder zuwarf, ignorierte, fand ich es endlich.

Da ich nicht sicher sein konnte, dass Areion zurzeit verfügbar war, beschloss ich, ihm eine Nachricht zu schicken. Sie lautete schlicht und ergreifend: *Ich vermisse dich. Melde dich, wenn du kannst.*

Auch wenn Tausende von Gedanken und Fragen durch meinen Kopf schwirrten – allen voran, ob die Atlanter die Guten oder doch die Bösen waren –, so war Areion immer noch mein Fels in der Brandung.

Davon einmal abgesehen, war nichts und niemand nur gut oder böse. Wir alle waren eine wilde Mischung von Farben, die für andere gut oder schlecht waren.

Sicherlich war ich in den Augen von Marie Maron der Bösewicht, der ihrer verkehrten Adelaide Keating den Vorsitz im Rat gestohlen hatte.

Kapitel 8

Die Fahrt bis zum Londoner Tempel war erstaunlich kurz ausgefallen und ich stelle zu meinem Erstaunen fest, dass das Gebäude, in dem er sich befand, im Herzen der City of London stand. Die Miete für diese Räumlichkeiten musste horrend hoch sein. Doch ich ging davon aus, dass das Gebäude selbst dem Tempel gehörte. Immerhin gab es den Orden seit über tausend Jahren.

Mir war es gelungen, Elias' Blicken zu entkommen, indem ich pausenlos auf mein Handy starrte, in der Hoffnung, dass Areion sich melden würde.

Leider geschah nichts dergleichen.

»Mach dir nichts draus«, meinte Simon, als wir in eine Tiefgarage fuhren. »Er ist Ryan Weir. Vermutlich hat er nicht einmal mitbekommen, dass du ihm eine Nachricht geschrieben hast.«

»Ryan Weir?«, wiederholte Elias neugierig. »Der Erbe des Weir-Techimperiums?«

»Genau der«, bestätigte Simon.

Erst jetzt wurde ich mir des Tons bewusst, den mein ›Schwertkopf‹ gegenüber Elias Pearson anschlug. Er klang fast so wie ein beschützerischer älterer Bruder.

»Ihr beide seid befreundet?«, fragte Elias scheinbar unschuldig.

»Sie sind ein Paar«, antwortete Simon abermals für mich und klang dabei immer trockener.

»Oh«, lautete der einzige Ton, den Elias von sich gab, während er blass um die Nase wurde.

Ich musste ein Grinsen unterdrücken, bis er sich endlich nach vorne drehte. Dann gab ich Simon einen dankbaren Blick.

Jetzt war ich bereits drei Noahs begegnet. Wenn man die Beerdigung mitzählte, wohl vier. Aber ich war mir da nicht ganz sicher. Die Erklärung, dass es sich bei dem Körper, der in Noahs Grab lag, um eine Kopie handelte, die quasi aus einem extrem hoch entwickelten 3-D-Drucker stammte, war plausibel. Nur würde diese Erklärung wieder wunderbar zu Apophis passen. Er log sehr gerne, indem er eine noch schrecklichere Tat mit einer weniger fürchterlichen erklärte.

Das Schlimmste war jedoch, dass Apophis in allem seine Finger zu haben schien. Dass ich in London ausgerechnet einer weiteren Kopie von Noah über den Weg lief, musste der geächtete Atlanter zumindest in Kauf genommen haben. Oder war das Ganze wieder eines seiner Experimente?

Vermutlich war es beides. Wenn ich eines wusste, dann, dass Apophis aus allem immer den maximalen Nutzen für sich herausholte. Das Zweite wiederum, wie extrem gefährlich und hochintelligent er war.

»Wir müssen vorsichtig sein«, wandte ich mich an Simon. »Ich glaube nicht, dass Apophis in der Stadt ist, aber mit dem Horn lockt er definitiv Lilith an.«

Mir war klar, dass der Fahrer und Elias zuhörten, aber es kümmerte mich nicht. Zum einen betraf es ja den Tempel und zum anderen musste ihnen klar sein, dass wir als offizielle Leibgarde des Großmeisters von Angelegenheiten wussten, die ihnen unbekannt waren.

»Lilith?«, wiederholte Simon mit besorgtem Ton. »Glaubst du, ihr sei nicht klar, dass Apophis längst fort ist?«

»Ja, aber das Horn ist eine Spur«, gab ich zurück. »Und dazu nicht irgendeine. Wer auch immer dieses Horn jetzt bläst, ist nicht nur irgendein Erleuchteter. Es ist jemand, der in direktem Kontakt mit Apophis stand. Auch wenn diese Person selbst nicht glaubt, wichtige Informationen über Apophis' Aufenthaltsort zu haben, muss sie noch lange nicht uninteressant für Lilith sein.

Ich rechne lieber mit dem Schlimmsten, als am Ende plötzlich überrumpelt zu werden, daher wirst du, Elias, nicht mitkommen, wenn wir uns auf die Suche nach dem Horn machen.«

Meine Worte überraschten sowohl den Mann auf dem Beifahrersitz als auch Simon.

»Warum?«, fragten sie mich fast gleichzeitig.

Zunächst ließ ich meinen Blick auf Simon ruhen, ehe ich ihn auf Elias lenkte. Was ich jetzt sagte, konnte die Zukunft des jungen Mannes ruinieren. Wir waren nicht zu dritt in diesem Wagen.

»Ich habe meine Beweggründe«, erwiderte ich. »In jedem Fall vertraue ich im Moment nur meinem Team. Nichts für ungut.«

Von Elias' Gesichtsausdruck zu urteilen, hatte ich ihn nur noch mehr dazu motiviert, mein Vertrauen zu gewinnen. Wenigstens schienen Noahs Doppelgänger alle vom Charakter her unterschiedlich zu sein, wobei mich Ben, dem ich in Japan begegnet war, doch sehr an Noahs dunkle Seite erinnert hatte.

»Ich verstehe«, meinte Elias mit einem knappen Kopfnicken und drehte sich wieder nach vorne, um »Wir sind da« zu verkünden.

Mir war aufgefallen, dass wir, ähnlich wie in dem Hotel, in dem die Atlanter ihr Versteck hatten, auch hier durch eine getarnte Durchfahrt gefahren waren. Anders als im Hotel jedoch, handelte es sich hierbei um eine tatsächlich versetzte Mauer.

Es erinnerte mich auch irgendwie an den Tempel des Feuers, ganz am Anfang der Prüfungen, die ich für Caliburn hatte absolvieren müssen.

Sowohl Elias als auch der Fahrer stiegen aus und ich machte mich mit Simon bereit, ihnen zu folgen, als diese uns die Tür öffneten.

Mit einem Mal fühlte ich mich, als würde ich mich im freien Fall befinden. Das Gefühl einer unmittelbaren Bedrohung erfüllte meinen Körper. Das unter meinem T-Shirt verborgene Medaillon begann zu glühen.

»Simon!«, krächzte ich aus einem Impuls heraus und drehte mich zu ihm um.

Zipp! Der Klang einer Kugel, die von einer Pistole mit Schalldämpfer abgefeuert wurde.

Simon sank leblos in sich zusammen.

»Nein!«, brüllte ich.

Instinktiv griff ich in meine Tasche, um Caliburns Heft in meine Finger zu bekommen. Meine Hand streifte Bastets Fell.

»Keine Bewe…«

Ich rammte Elias den Schwertknauf ins Gesicht. Ein gedämpfter Schuss löste sich aus seiner Waffe. Die Sporttasche fiel zu Boden. Bastet sprang aus ihr heraus, noch bevor sie in sich zusammensank. Im Sprung nahm sie bereits ihre größere Form an. Ihre schattenhafte Gestalt erinnerte mich sehr an Lilith.

Das hielt mich jedoch nicht davon ab, über Elias zu springen und um den Wagen zu sprinten.

Die Welt schien sich zu verlangsamen, während Bastet und ich uns in normalem Tempo bewegten.

Von den anderen Autos aus dem Konvoi, der vom London City Flughafen gestartet war, fehlte jede Spur. Inständig hoffte ich, nur Elias und der Fahrer seien Abtrünnige und meine Freunde wären nicht in Lebensgefahr.

Klack!

Der Fahrer schoss auf mich. Ich konnte sehen, wie die Kugel auf mich zugeschossen kam. Eine Bewegung mit Caliburn und die Kugel sprengte die Rückscheibe des SUV.

Ein Schritt. Noch ein Schritt. Ausfallschritt. Dann stieß ich mein Schwert bis zum Heft in die Brust des Fahrers, der mich fassungslos anstarrte.

»Nicht töten!«, befahl ich laut.

Ein tiefes Knurren war Bastets Antwort.

Mit einem Ruck zog ich die Schneide aus dem Körper des Sterbenden und drehte mich von ihm ab, noch bevor er ganz zu Boden sank.

Ich kniete schneller neben Simon, als ich es denken konnte. Mitten in seiner Brust klaffte ein Loch. Er lag mit zur Seite gesenktem Kopf und offenen Augen tot gegen den Hinterreifen gelehnt.

»Kallisto, hilf mir, was muss ich tun?«, flehte ich sie an, obwohl ich bereits wusste, dass es zu spät war.

Daria ... Kallistos Stimme klang vor Betroffenheit belegt.

Simon war nur ein Mensch. Meine Nanitozyten konnten in ihm nicht lange überleben. Selbst wenn ich ihm einen Liter meines Blutes gab, würde es zu lange dauern, um sein Herz wiederherzustellen. Die Nekrose in seinem Gehirn hätte schon längst begonnen.

Kraftlos plumpste ich vor Simon auf den Hintern. Alles, was ich tun konnte, war, ihn anzustarren und den wachsenden Kloß in meiner Kehle wieder und wieder zu schlucken. Hilflos und den Tränen nahe griff ich nach seiner Hand, die immer noch warm war.

»Es tut mir leid«, flüsterte ich.

Ein Schluchzen brach aus meiner Kehle.

Bastets drohendes Brüllen riss mich aus meiner Lähmung.

Elias war immer noch da.

Mit Caliburn noch immer in meiner Hand, begab ich mich auf die Füße und ging um den Wagen herum, dorthin, wo Noahs Doppelgänger noch auf dem Boden lag. Bastet hielt ihn mit ihren Vorderpfoten an Ort und Stelle, während sie ihre Hinterbeine zwischen seinen Oberschenkeln platziert hatte.

Ängstlich schaute Elias zu mir herüber. Die Stelle zwischen seinen Augenbrauen, dort, wo ich ihn mit dem Schwertknauf erwischt hatte, färbte sich bereits dunkel.

»Ich wusste nichts davon, ihn zu töten«, beschwor er mich. »Ich sollte dich nur herbringen. Das musst du mir glauben!«

»Ich habe keinen Grund, dir zu glauben, Elias«, erwiderte ich kalt. »Aber du kannst dafür sorgen, dass ich es tue«, erklärte ich.

Elias nickte zaghaft und mit einem angsterfüllten Seitenblick zu Bastets gebleckten Zähnen, die ihn fast berührten.

»Wo sind wir?«, fragte ich.

»In einem Safehouse der Loge«, antwortete Elias sofort.

»Das heißt, es kommen jeden Augenblick mehr«, meinte ich mehr zu mir selbst als zu ihm.

»In ein paar Minuten«, bestätigte er.

Offensichtlich hatten sie keine Ahnung, wozu ich fähig war, was bedeutete, dass Apophis die Illuminati nicht darüber informiert hatte, wer oder was ich war.

»Was ist mit den anderen SUVs?«, wollte ich von Elias als Nächstes wissen

»Sie müssten mittlerweile im Tempel sein«, lautete Elias' Antwort. »Der Tempelmeister hat befohlen, die Wagen aufzuteilen, um keine Aufmerksamkeit auf den Konvoi zu ziehen.«

»Dafür hätte er einfach nur verschiedenfarbige Autos nehmen können«, kommentierte ich.

»Du kennst den Verkehr in London nicht«, sagte der Verräter. »Einen Konvoi in der Länge kann man nicht zusammenhalten.«

Damit konnte er recht haben. Beurteilen konnte ich es wirklich nicht, da ich nicht aufgepasst hatte.

Statt diesen Leuten blind zu vertrauen, hätte ich mehr auf meine Umgebung achten sollen.

Das holte ich jetzt nach. Keine der Wände wirkte in irgendeiner Weise verräterisch.

»Wie komme ich hier raus?«, erkundigte ich mich bei meiner Geisel.

»Die Wand wird vom Sicherheitsdienst gesteuert«, erwiderte Elias. »Es gibt eine Feuertür, die nach hinten raus führt, die beide Aufzüge und eine Treppe.

»Ziemlich groß für ein Safehouse«, meinte ich.

Dieses Mal schwieg Noahs Doppelgänger.

Ich nutzte die Stille, um nach Schritten, den Türen und dem Aufzug zu horchen. Interessanterweise drang kein Geräusch von draußen hier hinunter. Also war das mit der Feuertür eine Lüge, oder sie führte in einen unterirdischen Gang.

Sicherlich waren überall Kameras, die jedoch nicht schwenkbar zu sein schienen. In jedem Fall hörte ich das elektrische Surren nicht.

»Warum hast du den Orden verraten?«, wollte ich schließlich von Elias wissen.

»Das ist eine lange Geschichte«, erwiderte er. »Wenn wir hierbleiben, wirst du dir das Ende nicht anhören können.«

»Oh, du glaubst, ich nehme dich mit?«, verspottete ich ihn. »Damit du mir bei der nächsten Gelegenheit ein Messer in den Rücken rammen kannst? Das glaube ich nicht.«

»Du wirst Simon nicht zurücklassen«, ließ er mich wissen. »Und alleine wirst du ihn wohl kaum tragen können.«

»Apophis hat dir wirklich rein gar nichts von mir erzählt«, meinte ich und lachte bitter.

»Wer?«, fragte Elias verwirrt.

»Ezra Yako«, erklärte ich. »Schwarzes Haar, fast gelbe Augen? So genial, dass man das Gefühl hätte, er wäre wahnsinnig? Keine Ahnung, wie er sich bei euch nennt.«

»Du meinst meinen leiblichen Vater?«, mutmaßte Elias.

»Hat er dir das gesagt?«, wollte ich wissen. »Das sagt er vermutlich allen.«

Ich griff zu meiner Sporttasche, die zwischen Elias und dem SUV lag und holte das Holster heraus, in das ich sowohl mein Schwert als auch die Lanze stecken konnte. Vorsichtig legte ich Caliburn vor mich und in Reichweite von Elias Hand. Aus praktischen Gründen, aber auch, weil ich ihn in Versuchung führen wollte.

Schnell legte ich das Holster an, nahm das Schwert und steckte es in seine Halterung, dann holte ich die Lanze hervor, deren Heft zu circa vierzig Zentimeter zusammengeschrumpft war und steckte es ebenfalls an seinen Platz.

»Hat er dir auch gesagt, dass nur sechs von euch überlebt haben?«, fragte ich währenddessen. »Noah war mein bester Freund und hat für ihn etwas gestohlen.

Das Artefakt hat ihn dazu gebracht, sich umzubringen, damit es nicht in die falschen Hände gerät. Lilith, eine dunkle Fee, hat ihn halb-tot-halb-lebendig zurück ins Leben gebracht. Er hat meinen Bruder entführt und gefoltert, ihn fast verwandelt, damit ich ihm den Gral bringe. Ich musste meinen Bruder töten, damit er nicht als Ghul zurückkommt.«

Ein kurzer, prüfender Blick zeigte, dass sich mein Medaillon wieder deaktiviert hatte und als blauer Stein mit goldener Fassung an seiner Kette hing.

»Was ist mit ihm passiert?«, wollte Elias wissen.

Daraufhin sah ich ihm direkt in die Augen, als ich sprach: »Ich habe ihn mit Caliburn getötet und euer Vater hat nichts dagegen unternommen. Laut Ben hat er sogar Adam in Noahs Grab gelegt, nachdem er ihn wiederbelebt hat. Ihr seid alle für ihn austauschbar. Ich weiß nicht einmal, ob er irgendetwas für den kleinen Nikolas empfindet.«

Das typische Klingeln, welches die Ankunft eines der Aufzüge ankündigte, ließ mich verstummen.

Mir war von Anfang an klar gewesen, dass ich nicht einfach aus dieser Tiefgarage herausspazieren konnte.

»Nikolas?«, flüsterte Elias ungläubig.

»Versteck dich besser, Bastet«, befahl ich meiner Wächterkatze.

Im Nu schrumpfte sie wieder zu ihrer normalen Hauskatzengröße zusammen und kroch in die Tasche.

»Schnapp dir deine Waffe«, forderte ich Elias auf. »Wenn ich schon einmal hier bin, kann ich mir auch ansehen, wieso. Aber wenn Simons Körper nur die kleinste Kleinigkeit zustößt, verwandle ich diesen Ort in Schutt und Asche.«

Ich war mir nicht sicher, ob er glaubte, dass ich meine Drohung tatsächlich umsetzen konnte, aber Elias schien es mir abzukaufen, dass ich es ernst meinte.

Kurzerhand beschloss ich, selbst sicherzustellen, dass Simons Leichnam vorerst nichts geschah. Ich eilte um den Wagen herum und hob den leblosen Körper mühelos zurück auf die Rückbank des Wagens. Dann legte ich seine Tasche in den Fußraum.

»Ich werde dich nach Hause bringen«, sagte ich zu ihm und drückte abermals seine Hand, die nun spürbar kühler war als zuvor. »Versprochen.«

Als ich zu Elias zurückkehrte, stand er bereits mit seiner Waffe auf mich gerichtet da.

Ich lachte verächtlich und schüttelte den Kopf.

»Mach dich nicht lächerlich«, meinte ich, was ihn nur noch mehr verwirrte.

Dann waren die Personen aus dem Aufzug bei uns eingetroffen. Noch während ich hörte, wie sich ihre Schritte näherten, wandte ich mich ihnen zu.

Es waren alles Männer in Anzügen. Sechs an der Zahl. Vier von ihnen hatten ihre Schusswaffen gezogen. Zu meiner Erleichterung waren es nur Pistolen und keine Maschinengewehre.

»Miss St. Claire«, begrüßte mich derjenige, der die anderen um locker einen halben Kopf überragte. »Mein Name ist Matthis Bjørnson. Bitte entschuldigen Sie die Art, wie wir unsere Einladung ausgesprochen haben.«

Dieser große, blonde Mann benutzte minimale Gesten, fast so als wäre er der Moderator einer Doku. Irgendetwas war seltsam an ihm, aber ich spürte nicht das verräterische Kribbeln, welches ihn als Atlanter identifizierte. Was konnte er sonst sein?

»Sie haben einen meiner Leute ermordet«, gab ich scharf zurück. »Das ist nicht zu entschuldigen.«

»Das ist in der Tat sehr bedauerlich und war nicht die Anweisung, die ich ausgesprochen habe«, erwiderte Bjørnson. »Ich würde sagen, Sie haben bereits diese Schuld beglichen.«

»Dem stimme ich nicht zu«, verkündete ich.

Er reagierte mit einer hochgezogenen Augenbraue und seine Begleiter, wie auch Elias wirkten plötzlich mehr als beunruhigt.

»Sie werden dafür Sorge tragen, dass der Leichnam unversehrt an den Tempel überführt wird«, erklärte ich. »Darüber hinaus sind Sie mir eine Entschuldigung und eine Erklärung schuldig.«

»Jones, Williams, ihr habt sie gehört«, sprach der Mann nun in einem kälteren Ton. »Bringt den Körper und die Habseligkeiten augenblicklich zum Tempel des Ordens.«

»Aber, Sir!«, protestierte einer der beiden.

»Wenn ich mich wiederholen muss, brauchen Sie beide gar nicht erst zur Loge zurückkehren«, sprach Bjørnson.

Die zwei angesprochenen Männer steckten ihre Waffen weg und machten sich auf den Weg.

»Nehmt auch die Tasche von Miss St. Claire mit, damit der Orden weiß, wo sie sich befindet«, fügte er, ohne die Spur von Emotion, hinzu.

Mir war klar, dass er sich dadurch erhoffte, dass den beiden Männern nichts widerfuhr, aber das konnte ich nicht einschätzen. Diese Entscheidung zeigte mir jedoch, dass Bjørnson wirklich keine Ahnung hatte, wer ich für den Orden wirklich war.

Ich versuchte, gleichgültig zu wirken, als meine Tasche vom Boden hochgehoben wurde. Solange ich nichts sagte, würde Bastet nicht auf sich aufmerksam machen. Hoffentlich kamen die zwei Männer nicht auf die Idee, hineinzusehen, denn ich wollte, dass sie meine Wächterkatze mitnahmen, damit sie den ›Schwertern‹ mitteilen konnte, wo ich mich befand.

Sicherlich war hier unten in der Tiefgarage der Londoner Loge kein Empfang, was bedeutete, dass der Orden mein Handy nicht orten konnte. Gleichzeitig waren Areion und mein Vater nicht in der Lage, Bastet zu orten. Auch wenn Helios höchstwahrscheinlich auf diese kurzweilige Unterbrechung nicht reagieren würde, konnte ich das bei Areion nicht mit Sicherheit sagen.

Diese Situation war mehr als brenzlig.

»Dürfte ich Sie bitten, mir zu folgen?«, sprach Bjørnson einladend und machte eine entsprechende Geste, die mir bedeutete, vorauszugehen.

Während der Herzschlag seiner Begleiter deutlich erhöht war, wirkte er absolut entspannt. Fast so, als sähe er mich als keinerlei Bedrohung an. Der junge Mann, der ihn begleitete und wie seine jüngere Version aussah, war mir die gesamte Zeit über kaum aufgefallen. Das lag vor allem auch daran, dass er auch ungewöhnlich ruhig war.

Das beunruhigte mich.

Gut, diese Leute wussten nicht, dass ich mehr als ein Mensch war, aber Bjørnson schien nicht davon auszugehen, dass ich mich zur Wehr setzen würde. Oder aber, er war sich sicher, mich schnell und einfach davon abbringen zu können, mich zur Wehr zu setzen.

Kapitel 9

Ohne ein weiteres Wort war ich der Geste Bjørnsons gefolgt und hatte den Aufzug betreten. Es war mehr als genug Platz für den großgewachsenen Mann, seinen Assistenten und die beiden Wachen. Ich beobachtete, wie Bjørnson den Knopf für die zwölfte und vierzehnte Etage gleichzeitig drückte. Mir war sofort klar, dass unser Ziel die nicht angezeigte, dreizehnte Etage des Gebäudes war.

Es gab vielerorts noch den Aberglauben, dass die Zahl Dreizehn Unglück brachte, weshalb viele Hotels keinen dreizehnten Stock hatten. Es war perfekt, um eine Etage zu verstecken.

Wir schwiegen auch dann noch, als sich die Türen des Aufzugs wieder öffneten und Bjørnson voranging. Die zwei Wachen und sein Assistent warteten, bis ich ihm folgte. Dann schlichen sie hinter mir her, als ob sie darauf warteten, dass ich jederzeit versuchte, die Flucht zu ergreifen oder unerlaubt abzubiegen.

Mir entging die offensichtliche Ironie nicht, dass die Räumlichkeiten der Loge der Erleuchteten sich so gut wie gar nicht von denen des Ordens unterschieden. Es war, als würde ich einfach nur eine andere Firma betreten.

Dass ich nicht den blassesten Schimmer hatte, wie Areions Unternehmenssitz aussah, wurde mir erst in diesem Moment klar. Das, und dass Kallisto, seit wir in die Tiefgarage gefahren waren, kein einziges Wort von sich gegeben hatte.

Alles in Ordnung?, fragte ich sie, doch es kam keine Antwort.

Kallisto konnte jetzt unmöglich schlafen. Sie hätte meinen emotionalen Aufruhr bemerkt. Warum also schwieg sie? Oder wurde sie in irgendeiner Form daran gehindert, mit mir zu sprechen?

Warum merkte ich dann keinen Unterschied?

Besaßen sie eine Art Störsender, der in der Lage war, die Kommunikation zwischen Nanitozyten zweier Körper zu hemmen, oder gar jede Fähigkeit, die von den Symbionten abhängig war, einzuschränken? Eine Art Störsender für Übersinnliches?

Wenn hier tatsächlich so etwas existierte, dann musste dies auf Apophis' Mist gewachsen sein.

»Sie haben mich hergeholt, damit ich Apophis nicht verfolge, nicht wahr?«, platzte es aus mir heraus.

Bjørnson öffnete gerade eine Tür und machte die gleiche Geste wie zuvor, die mir den Vortritt gab.

Für einen Moment erwartete ich, Apophis' Büro zu betreten, aber stattdessen fand ich mich in einem runden Zimmer wieder, welches fast baugleich zu dem des Rates im Haupttempel war.

Fast alle Stühle an dieser Tafelrunde waren besetzt und Bjørnson trat zielsicher an mir vorbei zum einzig verbliebenen Platz. Der einzige Unterschied war, dass mit Ausnahme von Bjørnson und dessen Assistent alle, die am Tisch saßen, goldene Masken trugen, die das gesamte Gesicht verdeckten und hinter ihnen jeweils eine Person mit silberner Maske stand. Die Öffnung für den Mund war dermaßen klein, dass ich nicht erkennen konnte, wer mich ansprach.

»Miss St. Claire, bitte treten Sie in die Mitte.«

Plötzlich fühlte ich mich an den Tag erinnert, als man mich wegen Hochverrats angeklagt hatte.

Nur heute jedoch war ich bewaffnet. Niemand hatte Anstalten gemacht, mir Caliburn oder die Lanze wegzunehmen. Funktionierten sie überhaupt in diesen Räumlichkeiten?

Was war ich denn ohne die Nanitozyten, die mir übermenschliche Fähigkeiten verliehen?

Zögerlich kam ich diesem als Bitte formulierten Befehl nach, denn ich hatte nicht wirklich eine Wahl.

Instinktiv drehte ich mich Bjørnson zu, der keine Anstalten machte, sich eine Maske anzuziehen. Ich war mir sicher, dass dies symbolisch gemeint war. Er hätte mich unten in der Tiefgarage mit einer Maske bekleidet abholen können.

So sehr ich es jedoch drehte und wendete: Simon zu erschießen, konnte kein Versehen gewesen sein. Es war eine Machtdemonstration gewesen.

»Was soll das hier werden?«, fragte ich entrüstet.

Ich spielte darauf, dass es unüblich war, wenn die geladene Person das Wort ergriff.

»Dieser Frage schließe ich mich an«, sprach eine männliche Stimme von rechts.

Weil mir klar war, dass ich die Person nicht würde ausmachen können, wandte ich mich gar nicht erst der Richtung zu.

»Miss St. Claire ist aus mehreren Gründen hier«, sprach Bjørnson, immer noch an seinem Platz stehend.

Sein Sekundant, oder was immer der junge Mann war, der mich zunehmend eindringlich anstarrte, schien außer mir nichts anderes wahrzunehmen.

»Dann erleuchten Sie uns«, forderte eine Frau ihn auf.

Das Wortspiel brachte mich fast zum Schmunzeln.

»Sie ist wichtig«, meinte Bjørnson ominös. »Und wir müssen eine Weile auf sie aufpassen.«

»Das kommt von den Engeln selbst?«, erkundigte sich eine weitere Frau.

Ihre Frage ließ mich aufhorchen. Sie sprach im Plural. Es war also nicht nur Apophis, der mit ihnen involviert war?

»Von dem, der zählt«, bestätigte Bjørnson.

Ich war immer davon ausgegangen, dass es nur Apophis war, dem die Erleuchteten unterstellt waren. Wie viele Exilanten gab es überhaupt auf der Erde? Und wie viele mischten sich in die Angelegenheiten der Menschen ein?

»Ich dachte, wir seien uns einig, dass man ihm nicht trauen kann«, erwiderte die gleiche Frau. »Er hat nur sein eigenes Wohl im Sinn. Zu dem Schluss sind wir einstimmig gekommen.«

»Das ändert nichts an der Tatsache, dass Daria St. Claire wichtig ist«, antwortete Bjørnson ruhig.

»Warum?«, fragte ein anderer.

»Das würde mich auch interessieren«, murmelte ich, während ich wieder versuchte, mit Kallisto Kontakt aufzunehmen.

Es schien, ohne sie zu berühren, unmöglich zu sein. Nur, um das zu bewerkstelligen, musste ich mich verrenken, was mir in der Mitte dieser Tafelrunde nicht unauffällig gelingen konnte.

»Sie ist ein Naphil«, erklärte Bjørnson.

Alle Blicke richteten sich auf mich. Plötzlich war mein Mund staubtrocken.

»Ein weiblicher Naphil?«, wiederholte einer von ihnen, während mein Herz zu rasen begann.

»Ist das überhaupt möglich?«, fragte ein anderer.

»Mein eigener Sohn steht hier kerngesund vor euch und ihr glaubt immer noch nicht an Wunder? An die Macht der Alchemie? An die Macht der Engel?«, fragte Bjørnson fast schon in einem feierlichen Ton.

War Alchemie für die Erleuchteten Engelsmagie?

»Wer ist ihr Vater?«, hakte die gleiche Frau nach.

Ich schwieg eisern und Bjørnson tat es auch.

»Ach, das hat dir Luzifer verschwiegen?«, spottete ein anderer.

Luzifer. Das war Apophis' Engelsname, aber auch nur, weil es ebenfalls Lichtbringer hieß.

Selbst wenn ich hätte antworten wollen, so kannte ich den Engelsnamen meines Vaters nicht, abgesehen von der Geschichte, dass er als Ôch den Gral zurückgegeben hatte. Nur hatte ich keine Ahnung von den Lehren der Erleuchteten.

»Uriel«, erklang zum ersten Mal die Stimme des jungen Mannes hinter Bjørnson, der, den er als seinen Sohn bezeichnet hatte – zumindest glaubte ich das.

»Der, der ihm folgte?«, meinte einer der Männer, der schon einmal gesprochen hatte. »Sein Erzfeind.«

»Uriel, der Engel des Lichts, der ein Erzengel wurde, nachdem Gott Luzifer verstieß, weil er den Menschen das Wissen schenkte«, zitierte Junior wie von einem Bibeltext. »Eben der.«

»Schaut euch ihre Waffen an«, forderte Bjørnson alle Anwesenden auf, indem er mit der Handfläche auf mich zeigte.

»Ein Schwert und ein Spieß?«, meinte eine neue Stimme skeptisch.

»Das sind Excalibur und die Lanze des Longinus, die bevorzugte Waffe der roten Fee Alessia«, erklärte Bjørnson. »Auch bekannt als der zweite Reiter.«

Langsam nervte es mich, dass ich wie ein seltenes Tier vorgeführt wurde.

»Meine Anwesenheit ist für Vorträge dieser Art nicht notwendig, Bjørnson«, sprach ich und versuchte, meine Gefühle im Zaum zu halten, indem ich meine Hände zu Fäusten ballte und lockerte. »Wenn sie mich festhalten wollen, schlage ich vor, sie sperren mich in irgendeine Zelle, ehe ich vor Langeweile sterbe.«

»Mir ist zu Ohren gekommen, dass Sie das nicht tun«, wandte sich Bjørnson an mich. »Stimmt das?«

Plötzlich war mir kalt.

Woher weiß er das?

»Sehen Sie, das ist der Grund, warum geschossen wurde«, erklärte er mir. »Offensichtlich waren Sie für unseren lieben Elias zu schnell und dabei ist er auch ein Naphil. Wie gesagt, ich hatte das so nicht beauftragt. Es sollte eigentlich nur Sie treffen.«

»Ihr seid genauso schlimm, wie man es mir immer erzählt habt«, spie ich die Worte regelrecht aus. »Von Apophis' verdrehtem Verstand korrumpiert.«

Ich machte mir nicht die Mühe, meine Verachtung zu verbergen.

»Thore, wärst du so gut?«, wandte sich Bjørnson an seinen Sohn.

Zuerst sah ich die Bewegung in seiner Schulter. Mir war sofort klar, dass er eine Waffe zog. Instinktiv griff ich nach hinten an Caliburns Heft, als ich etwas, wie ein elektrisches Entladen, wie Knistern hörte. Es kam von unter mir.

Sofort musste ich an die Sarkophage, die eisernen Jungfrauen, in Noahs Wohnung denken, in denen er die Atlanter mithilfe von Elektrizität gefangen gehalten hatte. Dieses Wissen musste er von Apophis gehabt haben. Es sprach nichts dagegen, dass er dieses Wissen mit den Erleuchteten teilte.

Zu meinem Glück waren meine Sinne immer noch übernatürlich. Kaum spürte ich die Bedrohung, schien sich die Welt zu verlangsamen. Auch konnte ich wieder wahrnehmen, wie sich das Medaillon erhitzte, ehe es sich über meinen Körper verteilte. Der Schuss löste sich, als ich bereits in eine Seitwärtsrolle sprang, um dabei Caliburn zu ziehen.

Kallisto?

Daria, hörst du mich? Sag mir, dass du mich hörst.

Mir blieb keine Zeit, um erleichtert aufzuatmen, denn als ich auf die Füße kam, fiel ein zweiter Schuss.

Ich höre dich, teilte ich ihr schnell mit, während ich die Klinge vor mich brachte, um die Kugel zu parieren.

Titania sei Dank!

Thore Bjørnson entlud das gesamte Magazin und ich tat alles, um dem Kugelhagel zu entkommen. Zwar wurde ich nicht verletzt, aber mindestens zweien dieser Geschosse entging ich nur dank des Medaillons.

»Sie ist nicht unsterblich, sie hat ein verdammtes Energieschild!«, beschwerte sich einer im Raum.

»Gib mir einen Grund, warum ich nicht alle hier töten sollte«, fauchte ich Bjørnson an und richtete die Spitze meines Schwerts auf ihn.

»Bist du dazu in der Lage, Daria?«, fragte er im Gegenzug und ließ, so wie ich, alle Formalitäten fallen.

Beantworte diese Frage nicht, Daria.

»Es wäre einen Versuch wert, oder nicht?«, meinte ich schulterzuckend. »Mit einem Schlag wäre der Rat der Erleuchteten ausgelöscht.«

Es gelang mir nicht, zu verhindern, dass meine Wut in meiner Stimme mitschwang.

»Es gibt nur ein Problem«, erwiderte Bjørnson und ich hob neugierig eine Augenbraue. »Du hältst dich für die Heldin und die schlachtet niemanden ab.«

Recht hat er, sprach Kallisto in einem ermahnenden Ton.

»Bin ich deshalb hier? Um meine Fähigkeiten zu demonstrieren? Wozu?«, verlangte ich von Bjørnson zu erfahren. »Warum meinen Freund töten? Warum war das notwendig.«

»Wie gesagt …«, begann der Mann.

»Schwachsinn!«, unterbrach ich ihn, nur nutze ich die Sprache meines Vaters. »Es war euch egal, was mit ihm geschieht«, fügte ich in normaler Sprache hinzu.

»Er war der Feind«, sagte die Frau, die am meisten geredet hatte, und jetzt gab sie sich zu erkennen, indem sie aufstand. »Wie viele von uns hast du getötet, Daria? Sag mir nicht, dass du die genaue Zahl kennst.«

»Soll ich diejenigen, die Noah Wagner verwandelt hat, mitzählen?«, erwiderte ich bitter, dabei wusste ich, dass es kindisch war.

Trotzdem war ich mir sicher, dass ich die Zahl wusste, sollte ich ernsthaft darüber nachdenken.

»Du bist hier, damit wir entscheiden können, ob wir mit dir und deinen Templern ein Bündnis eingehen oder ob wir dich gefangen nehmen, um herauszufinden, was an dir so besonders ist, dass Luzifer selbst uns sagt, dass wir dich nicht anrühren sollen«, erklärte die Frau mit den wallenden, brünetten Haaren.

Also ging es darum, die Entscheidung zu treffen, ob ich ein Versuchskaninchen oder ein menschliches Wesen war.

»Und dann schießt ihr auf mich?«, fragte ich voller Skepsis und lachte verächtlich. »Und stellt mich auf eine Platte, die ihr unter Strom setzen könnt? Das nennt ihr ›nicht anrühren‹?«

Je länger ich mir dieses Gerede anhören musste, desto mehr hatte ich das Bedürfnis, mich zu übergeben.

»Wir sind nicht seine Sklaven«, meinte Bjørnson.

»Ach nein?«, erwiderte ich verächtlich.

Vermutlich glaubte er das wirklich, aber ich wusste es besser. Apophis war ein Meister der Manipulation, und wenn das nicht funktionierte, nutzte er einfach die zweite Stimme, um seinen Willen zu bekommen. Ich war mir sicher, dass er sie so einsetzte, dass sein Opfer es nicht einmal bemerkte.

»Also gut«, sprach ich und ließ das Schwert sinken. »Ich bin bereit, zuzuhören, wenn es um die Überlegung geht, mit den Templern ein Bündnis einzugehen oder einen Nicht-Angriffs-Pakt, aber ich werde nicht eure Laborratte.«

Erst als ich diese Worte aussprach, wurde mir klar, dass die Erleuchteten von Keating wissen konnten, dass ich die neue Großmeisterin war. Also versuchte ich, ruhig zu bleiben und unschuldig zu tun. Noch hatten sie mir diese Wahrheit nicht vor den Latz geknallt.

Nur, was machst du, wenn sie es wissen?

Das war dieselbe Frage, die ich mir stellte. Wenn Keating wirklich mit den Erleuchteten im Bunde war, hatte sie keinen Grund, diese Information für sich zu behalten.

»Wir wussten schon immer über Luzifers Pläne Bescheid, die uns nicht involvierten«, begann Matthis Bjørnson.

Er wählte damit vorerst den Weg der Diplomatie, aber mir entging nicht, dass er mir nicht garantierte, mich nicht zu ihrem Nadelkissen zu machen.

»Das Horn«, sprach die Frau, von der ich immer mehr den Eindruck bekam, dass sie innerhalb dieser Tafelrunde eine besondere Stellung hatte.

Entweder war sie der Kopf der Schlange, oder war Bjørnsons Stellvertreterin. Vielleicht war sie aber auch nur jemand, die sich einfach gerne selbst reden hörte.

»Wir haben nichts damit zu tun«, fuhr sie fort, nachdem sie meinen Geduldsfaden mächtig auf die Probe gestellt hatte.

Statt laut loszuprusten, schenkte ich ihr eine Miene des Unglaubens.

»Nun ja«, lenkte sie ein. »Nicht wissentlich.«

»Das heißt also, ihr habt beim Diebstahl geholfen, ohne zu wissen, worum es ging?«, fragte ich zweifelnd.

»Doch, das wussten wir«, sprach ein anderer, doch als ich mich umdrehte, um mich ihm zuzuwenden, war es nicht möglich, ihn auszumachen.

»Außerdem hat Luzifer uns befohlen, uns nicht zu involvieren«, sagte die Frau von zuvor.

»So viel dazu, dass ihr nicht seine Sklaven seid«, meinte ich kopfschüttelnd. »Schon klar, ihr spielt mit, weil er euch mit Technologien und Wissen versorgt, aber wenn er etwas tut, was euch nicht passt, weil er euch nicht involviert, braucht ihr jemand anderen, der die Drecksarbeit macht, nicht wahr? Stellt ihr euch so ein Bündnis vor?«

Zum ersten Mal herrschte Stille in diesem Raum, was mir nur bewies, dass ich recht hatte.

»Ihr testet mich, weil ihr wissen wollt, ob ich ihm die Stirn bieten kann«, erkannte ich und konnte mir ein verächtliches Lachen nicht verkneifen. »Wenn ihr ihn loswerden wollt, bedarf es nur einer Person: Lilith. Sie wird ihn liebend gerne töten, wenn ihr ihr die Chance dazu gebt. Ich mache mir für euch nicht die Hände schmutzig.«

»Wir wollen nicht, dass er vernichtet wird«, sprach Bjørnson.

Mittlerweile kam ich aus dem Kopfschütteln nicht mehr heraus.

»Aber wir möchten auch nicht eine Verräterin in unserer Mitte wissen«, fügte die Frau hinzu.

»Keating«, schlussfolgerte ich.

Sowohl Bjørnson als auch die Frau nickten.

»Ihr wollt mir Keating geben?«, hakte ich nach.

Abermals nickten die beiden.

»Als Zeichen unseres guten Willens«, bestätigte Bjørnson.

»Wenn ich einwillige, sie zur Strecke zu bringen, will ich auch das Horn«, sagte ich nach einem Moment der Überlegung.

Daria! Kallisto wirkte wenig begeistert.

Ich sage doch nicht, dass ich sie töte, erklärte ich ihr im Stillen.

»Einverstanden.«

Dieses Mal hatte wieder die Frau gesprochen. Für mich war dies Beweis genug, dass sie das Sagen hatte.

»In Sachen Verrätern solltet ihr vielleicht wissen, dass Elias Pearson, der mein Taxi gespielt hat, ein Klon oder was auch immer von Noah Wagner ist, genauso wie dieser Ben, dem ich in Japan begegnet bin«, wandte ich mich direkt an sie.

»Wir wissen von diesem Experiment«, lautete ihre fast schon desinteressierte Antwort. »Sie sind sozusagen seine … Söhne. Am Ende sind sie nur ihm treu, wie … Hunde. Man könnte glauben, dass er das ganz bewusst in ihr Erbgut eingepflanzt hatte.«

Diese Aussage verpasste mir eine Gänsehaut. Mir war klar, dass ich Apophis gegenüber keine perfide Loyalität empfand, aber er hatte mir ja auch aus einem anderen Grund das Leben gerettet.

Scheinbar hatten die Erleuchteten keine Ahnung, dass Apophis auch bei meiner Existenz seine Finger im Spiel hatte, oder sie hatten beschlossen, es nicht zu erwähnen.

Jetzt machte Noahs abgrundtiefer Hass auf alles, was irgendwie mit Apophis zu tun hatte Sinn. Ich stellte es mir grausam vor, einer anderen Person gehorchen zu müssen, auch wenn ich es nicht wollte.

»Gut, dann will ich Elias«, forderte ich aus einem Impuls heraus.

»Wie meinst du das?«, wollte Bjørnson wissen, aber ich hielt den Blick der Frau, die diesem Rat vorsaß.

Sie musterte mich für einen Augenblick, indem sie meine Forderung abwog.

»In Ordnung«, willigte sie schließlich ein.

Zum ersten Mal, seitdem ich diesen Saal betreten hatte, ging ein Raunen durch die Runde.

Die Vorsitzende hob ihre Hand, und unmittelbar verstummte das Gemurmel.

»Wir wollen keine Verräter in unserer Mitte und er ist ohnehin nur seinem Herrn treu«, erklärte sie. »Und das ist das Mindeste, was wir als Entschuldigung für den schrecklichen Fehler tun können, der vorgefallen ist.«

Mit entging die Bewegung ihrer Augen hinter der Maske nicht, durch die sie Bjørnson einen kurzen Blick zuwarf. Trotz dieser Geste konnte ich mich nicht dazu durchringen, es ihnen abzukaufen, dass es ein Versehen gewesen war, Simon zu töten. Auch wenn mich Zweifel beschlichen, dass mein unvorhergesehenes Verhalten dazu geführt haben konnte, dass sich versehentlich ein Schuss gelöst hatte.

Die Wahrheit würde ich wohl nie erfahren, denn ich hatte den Täter ermordet. Vielleicht aber konnte mir Elias weiterhelfen.

»Okay«, meinte ich schließlich. »Ich nehme einmal an, dass Sie nicht wissen, wofür Apophis … ich meine Luzifer das Horn benötigt hat?«

»Das haben Sie nicht herausgefunden?«, fragte ein anderer aus der Runde.

»Oder der Londoner Tempel macht, wie immer, sein eigenes Spiel«, kommentierte Bjørnson.

Ich ignorierte ihn und sah die Frau vor mir an.

»Etwas, das wir als Zeichen guten Willens vor sehr langer Zeit der Krone übergeben haben«, sprach sie. »Etwas, das keinerlei Funktion zu haben schien. Aber das hat uns Luzifer offensichtlich wieder einmal vorenthalten.«

»Das wundert mich nicht«, merkte ich an.

Wieder schaute sie mich einige Sekunden lang an, ehe sie hinzufügte: »Ein Zepter.«

Ich nickte.

»Aber wozu brauchte er dann das Horn?«, dachte ich laut nach.

»Weil ein weiterer Engel dabei geholfen hat, dieses Schmuckstück zu sichern«, kam Bjørnson seiner Vorgesetzten zuvor.

Ich erinnerte mich daran, was der Text aus dem Verzeichnis der Fluchwächter gesagt hatte, was die Bibel selbst über das Horn von Jericho sagte: Es konnte Mauern zum Einsturz bringen.

»Okay, wo finde ich Keating und das Horn?«

Kapitel 10

Das Gefühl des Unbehagens hatte mich in seiner festen Umklammerung. Ich vermochte es nicht abzuschütteln, nicht, als wir die Tiefgarage verließen und auch dann nicht, als wir in den überfüllten Verkehr auf Londons Straßen eintauchten.

Meine Vereinbarung mit den Erleuchteten war klar: Man würde mich und Elias zum Londoner Tempel bringen, damit ich mich davon überzeugen konnte, dass Simons Leichnam wie besprochen überstellt worden war und ich den Verräter einsperren lassen konnte.

Man hatte mir ein altes Mobiltelefon gegeben, auf dem eine App installiert war, die einen Standort angab.

Ich musste es nur anschalten und schon würde der Tracker die Position des Horns angeben.

So weit, so gut. Zunächst würde ich Elias abliefern und meine ›Schwerter‹ versammeln, um mich dann erst einmal vom Tempel wegzubewegen.

Ich traute den Erleuchteten nicht und das würde sich auch niemals ändern. Simons Tod würde ich ihnen niemals verzeihen, auch wenn sie versucht hatten, es mir als Unfall unterzujubeln.

Die Dinge, die sie nicht gesagt hatten und das, was sie während meines Aufenthalts getan hatten, waren die Informationen, die wirklich für mich wichtig waren. Sie hatten in einem Raum voller Leute das ganze Magazin einer Pistole auf mich abgefeuert und dabei in Kauf genommen, dass eine der in der Nähe stehenden Personen verletzt oder getötet werden könnte. Das war für mich Beweis genug, dass Simons Tod beabsichtigt gewesen war. Es war eine Machtdemonstration, eine Nachricht an den Großmeister des Ordens, dass sie ohne große Mühe ein Mitglied ihrer persönlichen Garde töten konnten.

Dazu wollten sie mich emotional destabilisieren, um mich zu testen. Sie wollten sehen, wie ich mit diesem Trauma agierte, wenn man auf mich schoss.

Meine Begegnungen mit Apophis hatten mich auf diese Situation perfekt vorbereitet. Das Denken und Handeln der Erleuchteten schienen dem seinen extrem ähnlich zu sein. Das war nicht weiter verwunderlich, wenn man bedachte, dass er sie über Jahrhunderte hinweg geprägt hatte.

Weder Bjørnson noch die Vorsitzende hatten mir jedoch gesagt, warum sie ein Bündnis wünschten. Sie hatten versucht, mir weiszumachen, dass es ein Teil des Friedensangebots war, mir Keating zu überlassen, aber ich wusste es besser. Sie wollten sie loswerden, weil sie Apophis nicht mit ihr teilen wollten.

Was auch immer er im Begriff war zu tun, er schien die Erleuchteten offensichtlich nicht in seinen Plan zu involvieren. Dass ihnen das nicht passte, war nur logisch. Apophis war ihre eierlegende Wollmilchsau, und die wollten sie nicht teilen.

Dass die Erleuchteten sich so verhielten, war für mich durchaus interessant. Denn es bedeutete, dass der Atlanter, der bedauerlicherweise auch mein Onkel war, sich derzeit nicht darauf konzentrierte, den Illuminati Honig um den Bart zu schmieren. Dabei waren sie es doch, die ihm jederzeit Kämpfer bereitstellten, wenn er diese benötigte, von den ganzen Ressourcen einmal abgesehen.

Warum riskierte Apophis ihre Loyalität?

Was hatte sich geändert?

Was war an diesem Zepter so verdammt wichtig?

Und warum waren die Erleuchteten an einem Bündnis interessiert?

Wieder überkam mich das unangenehme Gefühl einer düsteren Vorahnung.

»Irgendetwas übersehe ich«, murmelte ich zu mir selbst und schloss meine Finger um die Scheide meines Schwertes, welches auf meinem Schoß lag.

»Ich hatte keine Wahl«, erklärte Elias, der neben mir saß und offensichtlich davon ausging, dass er nun mit mir reden könne, da ich selbst etwas gesagt hatte. »Ich bin noch nicht bereit zu sterben.«

Der Klang seiner Stimme war der von Noah mit einem Mal so ähnlich, dass es mich erschaudern ließ.

Offensichtlich rechnete er damit, dass man ihn wegen Hochverrates hinrichten würde. Immerhin hatte sein Verrat zur Folge, dass ein Mitglied der ›Schwerter‹ des Großmeisters ums Leben gekommen war. Wenn er tatsächlich wüsste, wen er da wirklich den Erleuchteten serviert hatte, würde er mehr als nur Angst fühlen.

»Hat man euch befohlen, sofort zu schießen?«, fragte ich, was ich mir eigentlich für seine Verhandlung hatte aufbewahren wollen.

»Wir sollten euch testen«, antwortete Elias sofort. »Zumindest habe ich das so verstanden.«

Ich nickte kurz und fühlte mich in den Vorwürfen, gegenüber den Erleuchteten bestätigt.

»Als ich ihn das erste Mal sah, spürte ich etwas so Seltsames, ich dachte für einen Moment, ich hätte mich in ihn verliebt«, sprach Elias weiter – er war in jedem Fall redseliger als Noah oder Ben.

»Deinen Vater?«, erkundigte ich mich.

»Ja«, bestätigte Elias. »Luzifer.«

»Diese Empfindung hatte ich, den Heiligen sei Dank, nicht«, kommentierte ich. »Zumindest nicht bei ihm«, musste ich eingestehen.

»Bei dir war es genauso«, ließ mein Gefangener mich wissen. »Und doch ganz anders.«

Gerade wollte ich ihm antworten, als der Wagen stehen blieb und der Fahrer davon sprach, dass wir an unserem Ziel angekommen seien. Also öffnete ich die Tür und stieg aus, um Caliburn in seine Halterung auf meinem Rücken zu stecken. Für einen Moment überkam mich die Sorge, der Wagen würde einfach mit Elias losfahren, aber den Erleuchteten schien nicht so viel an Noahs Klon zu liegen, wie Apophis. Der Fahrer wartete, bis Elias mit seinen in Handschellen liegenden Händen über den Rücksitz rutschte und mit meiner Hilfe ausstieg. Dann fuhr er mit quietschenden Reifen an, sodass die Tür von selbst zufiel.

Wir standen vor einem hohen Bürogebäude. Es war ziemlich neu und ein reiner Glaspalast, der sich zwischen anderen relativ neuen Bauten versteckte.

»Daria!«, kam mir ein Chor aus Stimmen entgegen, als ich mit meiner geschulterten Tasche und Elias in Richtung Haupteingang gehen wollte, deren Türen just in diesem Augenblick aufgestoßen wurden.

Meine verbliebenen ›Schwerter‹ rannten mir mit Mienen aus Erleichterung und Sorge entgegen. Ehe ich mich versah, befand ich mich in etlichen Umarmungen wieder.

Ich fühlte mich absolut überrumpelt, gerührt und den Tränen nahe. Die Endgültigkeit von Simons Tod überrollte mich wie ein Güterzug. Bis jetzt war es mir gelungen, diese Tatsache beiseitezuschieben. Die erste Pein hatte ich mit eiskalter Rache gelindert. Jetzt kam es mir so vor, als würden die Umarmungen versuchen, mich zu ersticken.

»Okay, okay!«, japste ich nach Luft.

Glücklicherweise reagierten meine Freunde auf den Ausruf und ließen von mir ab.

Mit Ausnahme von Josie starrten sie nun Elias mit offener Feindseligkeit an. Der Sirene stand die Sorge um mich ins Gesicht geschrieben. Der Verräter schien sie nicht im Geringsten zu interessieren.

»Sam, Mark, bitte bringt Elias in den Kerker, wir kümmern uns später um ihn«, bat ich die zwei meiner Jungs, von denen ich wusste, dass sie ihre Emotionen besser im Griff hatten. »Es besteht die Möglichkeit, dass Apophis seine Nanitozyten auf eine Art und Weise programmiert hat, die es ihm unmöglich macht, sich seinen Befehlen zu widersetzen. Ähnlich wie das Horn bei den Otherkin. Aber dazu muss ich ihn mir genauer ansehen. Im schlimmsten Fall steckt es irgendwie in seinen Genen. Aber bevor ich mir nicht sicher bin, dass er eine Wahl hatte, wird er nicht vor Gericht gestellt. Macht das den Wachen deutlich.«

Sie alle – einschließlich Elias – sahen mich voller erstauntem Unglauben an.

»Ich glaubte dir, als du sagtest, du hättest keine Wahl«, wandte ich mich an Elias. »Oder sagen wir: Ich möchte dir glauben. Außerdem weiß ich, dass Apophis die Fähigkeit der zweiten Stimme besitzt, so wie ich es nenne.«

»Die Gedankenmanipulation«, bestätigte Elias mit einem hastigen Nicken.

»Wie gesagt«, erwiderte ich schnell, um ihn daran zu hindern, noch mehr zu sagen. »Darum kümmern wir uns später.«

Damit nickte ich Sam und Mark zu, die Elias bei den Oberarmen packten und wegführten.

Ich folgte ihnen mit den anderen hinein.

»Glaubst du ihm wirklich?«, hakte Josie ungläubig nach. »Dass er sich nicht dagegen hat wehren können?«

»Du hast nicht erlebt, was das Horn mit einem macht, sobald man es hört«, warf Leo ein. »Ich aber schon. Man kann das nicht unterdrücken, wie einen Juckreiz. Es ist eher wie eine allergische Reaktion.«

»Hm«, meinte Josie nachdenklich.

»Und du hast noch nie erlebt, wie diese zweite Stimme funktioniert«, setzte ich nach.

Bewusst verlangsamte ich meine Schritte, da ich den Abstand zwischen Elias und mir vergrößern wollte.

»Ich fürchte, selbst wenn er die Wahl hätte, würde er Apophis unterstützen«, erklärte ich leise. »Dazu muss ich aber erst seine Familienverhältnisse kennen. Aber wir könnten ihn gegen Apophis als Spion einsetzen.«

Das ist nicht dein Ernst!

Ich ignorierte Kallistos Protest in meinem Kopf.

»Apophis ist mit etwas beschäftigt, was sogar seine Lakaien beunruhigt«, verteidigte ich meine Überlegung. »Ich muss wissen, was das ist. Wenn die Erleuchteten sogar ein Bündnis mit uns in Betracht ziehen, muss es etwas wirklich Extremes sein.«

»Die Leuchten wollen was?«, rief Kai ungläubig aus und ich musste über seinen Spitznamen wie immer schmunzeln.

»Ja«, meinte ich. »Als ich das gehört habe, wollte ich meinen Ohren auch nicht trauen, aber sie haben mir ein Gerät gegeben, mit dem ich angeblich Keating und das Horn finden kann.«

»Worauf warten wir dann noch?«, erkundigte sich Leo. »Lasst sie uns schnappen!«

»Gab es ein Briefing vom Tempelmeister?«, wollte ich im Gegenzug wissen.

»Nein, weil ihr nicht da wart«, sprach Josie ruhig.

Betretenes Schweigen breitete sich zwischen uns aus und es dauerte an, bis wir mit dem Aufzug in die Etage gefahren waren, in der sich das Ratszimmer des Londoner Tempels befand.

Ich habe es einfach satt, Freunde und Familie zu verlieren, wandte ich mich im Stillen an Kallisto. *Deswegen bin ich überhaupt bereit darüber nachzudenken, mit den Erleuchteten eine Art Bündnis einzugehen, aber das verringert die Bedrohung durch Apophis nicht.*

Das rechtfertigt aber noch lange nicht, einen Verstand zu unterjochen, erwiderte meine beste Freundin.

Was soll ich denn sonst machen, um an die Information zu kommen? Ich stöhnte frustriert auf, kurz bevor sich die Aufzugtüren öffneten. *Ich kann ihn schlecht anrufen und fragen, oder?*

Ich stutzte, was dazu führte, dass die anderen den Lift verließen, während ich stehen blieb. Vielleicht war es mir nicht möglich, ihn anzurufen, aber sowohl Elias als auch Ben befanden sich in Gefangenschaft und sie beide mussten irgendwie mit Apophis in Verbindung treten können.

»Alles okay?«, erkundigte sich Josie.

»Ja, alles bestens.«

Kapitel 11

Wenn ich davon ausgegangen war, dass man uns in den Ratssaal geladen hatte, so hatte ich mich geirrt. Stattdessen führte man uns in einen großen Konferenzraum. Ich musste über mich selbst schmunzeln, da ich es so sehr gewohnt war zum inneren Zirkel zu gehören, dass mich dies tatsächlich überraschte.

Tatsächlich aber war mir nicht klar, ob außer dem Tempelmeister sonst noch jemand vor Ort wusste, wer ich wirklich war. Aus diesem Grund nahm ich mir vor, mich in Zurückhaltung zu üben.

Hoffentlich hat dieser Meyers deine Rüge von vorhin nicht vergessen, sprach Kallisto meinen Gedanken aus.

»Miss St. Claire«, begrüßte Arthur Meyers mich in einem Ton, den ich nur als ›gespielte Sorge‹ titulieren konnte. »Ich bin erleichtert, dass Sie alle wohlbehalten hier eingetroffen sind.«

Teresas und Hektors Gesichtsausdrücke waren in jedem Fall authentisch. Ich nickte ihnen kurz mit einem verständnisvollen Lächeln zu.

»Das ist nicht Ihnen zu verdanken«, wandte ich mich offen missmutig an den Tempelmeister. »Zwei ihrer Leute, die mit dem Transport der ›Schwerter‹ des Großmeisters betraut waren, konnten uns problemlos entführen. Zwei Verräter in ihrer Mitte, die sie nicht entdeckt haben.«

»Sie waren beide Gardisten!«, versuchte sich der Mann zu verteidigen.

»Korrekt: ›waren‹, Vergangenheitsform«, schoss ich zurück. »Der eine ist tot, der andere in Gewahrsam. Wir werden Elias mit zum Haupttempel nehmen. Er fällt nicht mehr in Ihre Befugnis. Ich untersage allen Ordensmitgliedern, ihn aufzusuchen.«

»Sie haben nicht die …«, unternahm ein anderer Mann den Versuch, mit mir zu diskutieren, aber ich unterbrach ihn barsch.

»Ich habe jede Befugnis in diesem Fall«, fauchte ich wütend und atmete dann tief durch.

Das Letzte, was ich wollte, war, dass ich aufgrund meiner Wut versehentlich die zweite Stimme benutzte. Das war schon öfters geschehen.

Ich funkelte Meyers an, woraufhin dieser nickte und die Hand besänftigend zu seinem Kollegen hob.

»Einer der meinen wurde ermordet und es ist der Nachlässigkeit dieses Tempels zu verdanken, dass dies möglich war«, sprach ich mit Wut beflügelter Stimme weiter. »Des Weiteren haben Sie uns Informationen vorenthalten, weil Sie lieber vor der Krone buckeln, als ihre Pflicht zu tun. Ich erfahre von einem Erleuchteten, dass es ein Zepter war, welches entwendet wurde.«

Nun tauschten die Briten Blicke aus, die zwischen Besorgnis und Unsicherheit hin und her schwangen.

»Dieses unverzeihliche Verhalten wird gravierende Konsequenzen nach sich ziehen«, fuhr ich fort.

Je länger ich sprach, desto kälter wurde mein Ton:

»Jeder, der einen Sitz an der Tafelrunde in diesem Gebäude hat, darf sich von diesem verabschieden. Aber das wissen Sie bereits, ohne dass ich es sage«, fuhr ich fort. »Ich rate Ihnen, diese Strafe mit Würde zu erwarten und nicht auf die Idee zu kommen, die paar Meilen zur gegnerischen Seite zu fliehen. Denn man wird Sie mit einer Schleife verpackt wieder zurückbringen.«

Diese Worte sorgten für mehr als nur Verwirrung.

»Tun Sie, was sie nicht lassen können, versuchen Sie das Zepter in Ihre Finger zu bekommen«, meinte ich und winkte verächtlich ab. »Übergeben Sie es wieder der Krone, damit es zurück in den Tower kommt. Aber es wird die letzte Amtshandlung sein, die sie in dieser Position vollführen.«

Mein Blick huschte über die erstaunten Gesichter meiner Freunde, die diesen Ton nicht gewohnt waren.

Das war jedoch auch nicht weiter verwunderlich, denn keiner von ihnen hatte je einer Ratsversammlung beigewohnt.

»Aber wer weiß?«, begann ich zu philosophieren. »Vielleicht erinnert sich einer von Ihnen daran, was der eigentliche Sinn unserer Gemeinschaft ist und bringt das Zepter zur Prüfung in den Tempel. Jedoch würde ich der Person raten, es in den Haupttempel zu bringen, damit es von Experten geprüft wird, deren Expertise über jeden Zweifel erhaben ist. Ich glaube, das würde das Ansehen des Londoner Tempels zumindest zum Teil in den Augen des Großmeisters wiederherstellen.«

Meine Worte bedurften keiner Erwiderung. Daher ließ ich sie in der Stille des Raumes verklingen.

Schließlich fühlte sich doch einer der Anwesenden dazu genötigt, etwas zur Verteidigung seines Tempels zu sagen: »Die Krone hat uns stets unterstützt, egal um welche Unternehmungen es ging. Wir gingen davon aus, dass es erstrebenswert ist, die gute Beziehung zum britischen Königshaus beizubehalten.«

»Und dafür einen der Grundpfeiler unseres Ordens zu untergraben?«, fragte ich zweifelnd. »Der Schutz der Unschuldigen ist unser oberstes Gebot. Vor der Dunkelheit, vor den Verbotenen Artefakten und vor allen widernatürlichen Bedrohungen. Es wurden nicht nur unschuldige Otherkin wie Vieh abgefertigt.

Dazu wurde ein gefährliches Verbotenes Artefakt in den Händen der Erleuchteten gelassen … und wofür?«

Meine Frage blieb unbeantwortet und Betretenheit machte sich unter den Ordensmitgliedern breit.

»Um der Krone zu gefallen?«, hakte ich nach. »Es ist ein Gegenstand, den ein Dämon haben will, ja, aber das Horn ist immer noch in Benutzung? Warum sind die Leben der Otherkin, die darunter leiden, es nicht wert, gerettet zu werden? Sind nicht auch sie unschuldig? Und kennen Sie die Texte über das Horn von Jericho nicht? Es kann Mauern zum Einsturz bringen! Was hat eure heiß geliebte Krone davon, wenn die Verräterin Keating beschließt, den Buckingham Palace dem Boden gleichzumachen?«

So weit haben sie scheinbar nicht gedacht, sagte Kallisto mit vor Sarkasmus triefender Stimme.

Die bleichen Gesichter der Briten bewiesen ihre Aussage nur.

Ich konnte nicht anders, als den Kopf zu schütteln und tief zu seufzen.

»Die menschliche Ambition ist ihr Untergang«, sagte ich leise.

Zum ersten Mal konnte ich irgendwie verstehen, dass die Atlanter den Menschen den Rücken zugewandt hatte, um sie sich selbst zu überlassen. Ich hatte es langsam, aber sicher auch satt, mich damit abzugeben.

»Bitte sagen Sie mir, dass Sie zumindest zu einem der beiden Gegenstände eine Spur haben«, bat ich.

»Oder hat Ihre Jagd nach der fetteren Beute dafür gesorgt, dass die Leichtere Ihnen entwischt ist?«

Mir war klar, dass mein belehrender und teilweise arroganter Ton irgendwann den Punkt erreichte, an dem die Mitglieder des Londoner Tempels ihre Fassung verloren.

Aber genau das war auch mein Ziel. Menschen, die emotional unter Strom standen, machten Fehler, weil die Worte geradezu aus ihnen herausplatzten.

Irgendjemand hatte den Erleuchteten mitgeteilt, dass die ›Schwerter‹ des Großmeisters auf dem Weg nach London waren, dass ich unter ihnen war, und dass ich die Schwertträgerin war.

Oder hatte Apophis Elias aufgetragen, nach mir Ausschau zu halten? Aber wie hatte der Exilant wissen können, dass ich zu der Spezialeinheit gehörte? Woher wusste er, dass ich Caliburn besaß?

Gab es vielleicht unter meinen engsten Vertrauten einen Spion?

Als ich meine Begleiter alle ansah, versuchte ich, mir diese Gedanken nicht anmerken zu lassen.

Ich konnte mich nur zu gut daran erinnern, wie er den Verstand meiner eigenen Mutter zu vollkommener Hörigkeit gezwungen hatte. Sie war nicht einmal in der Lage gewesen, seinen Namen auszusprechen.

Es war nicht auszuschließen, dass einer meiner ›Schwerter‹ auch Opfer seiner Manipulation geworden war.

Oder hatte er noch ein Mitglied des Rates in seiner Tasche? Sofort musste ich an Maria Maron denken.

Das liegt nur daran, dass du sie nicht magst, meinte die Fee im Schwert und hatte damit nicht unrecht. *Vielleicht weiß er von Ben, dass du mit den Schwertern unterwegs bist.*

Das war ein logischer Einwand. Doch nur, weil sie mich nach Japan begleitet hatten, bedeutete dies noch lange nicht, dass ich eine von ihnen war.

Vielleicht hat Kami es verraten?

Auf gar keinen Fall, verneinte ich diese Überlegung vehement. *Sie verachtet Apophis, wegen seiner Taten und weil sie wegen ihm im Exil ist.*

Das hat sie dir gesagt, aber ist es auch die Wahrheit?

Fast vier Jahre lang hatte ich in einer Seifenblase gelebt, die mir Sicherheit vorgegaukelt hatte. Vielleicht fühlte sich die zurückkehrende Paranoia deshalb so überwältigend an.

Es könnte jeder sein, ohne dass er oder sie es überhaupt ahnt, überlegte ich weiter, *vielleicht sogar du.*

Nein, erwiderte Kallisto wesentlich ruhiger, als ich von ihr erwartet hätte. *Dazu hätte er mich berühren müssen,* erklärte sie. *Und das würde ich niemals zulassen.*

Also hatte ich zumindest meine beste Freundin, der ich trauen konnte.

Nun musste ich an Isadora denken, die Hexe, die sich als Haushälterin in meinen Dienst gestellt hatte. War das möglicherweise nur ein Vorwand gewesen, um mich auszuspionieren?

Nein, denn auch sie hasste die Atlanter. Immerhin hatte ihr atlantischer Geliebter ihr gemeinsames Kind auf dem Gewissen ... oder nicht?

Auch das war wieder eine Information, die ich von der Person erhalten hatte, um die es selbst ging.

Rein theoretisch konnte alles gelogen sein.

»Wir hatten nicht die nötigen Ressourcen, um uns sowohl um die Otherkin als auch um beide Artefakte zu kümmern«, riss mich Meyers' Protest wieder aus meiner Gedankenwelt. »Da das Zepter mithilfe des Horns entwendet wurde, gingen wir davon aus, dass es gefährlicher war.«

»Eine offensichtliche Fehlentscheidung«, gab ich ungerührt zurück.

Als wolle mir die Vorsehung selbst recht geben, erklang genau in diesem Moment das Horn. Somit musste ich nichts mehr tun als meine Handflächen nach oben zu drehen, um mein Argument zu unterstreichen.

»Diese Diskussion führt zu nichts«, verkündete ich, als das donnernde Dröhnen vorüber war. »Mein Team und ich werden uns nun um das Horn kümmern. Ich hoffe für den Londoner Tempel, Sie bekommen das Zepter noch in die Hände. Denn sonst ist es meiner Meinung nach mehr als offenkundig, dass Ihr Rat nicht in der Lage ist, die richtigen Entscheidungen zu treffen.«

Als Erwiderung dieser Leute drang mir nichts anderes als eisiges Schweigen entgegen.

Ich war mir sicher, dass es früher oder später bei ihnen einsank, dass ihre Zeit an der Sonne abgelaufen war.

Kapitel 12

Ich verließ den Konferenzraum ohne ein weiteres Wort und meine ›Schwerter‹ folgten mir sofort. Ein Zappeln meiner Tasche zog meine Aufmerksamkeit auf sich. Es musste Bastet sein.

»Warte noch einen Moment, bis wir unten sind«, sprach ich leise zu ihr.

»Was machen wir jetzt?«, erkundigte sich Kai, der als Erster zu mir aufschloss.

»Ausgerechnet die Erleuchteten haben mir eine Möglichkeit gegeben, das Horn zu orten«, erklärte ich.

Seinen Unglauben und den der anderen konnte ich regelrecht in der Luft spüren.

»Ja, ich weiß«, fuhr ich fort. »Aber allem Anschein nach haben sie es auch nicht so mit Verrätern. Oder sie mögen es einfach nicht, dass ›ihr‹ Lieblingsengel eine neue beste Freundin hat. Wie dem auch sei, das gibt uns hoffentlich die Chance, das Horn so schnell wie möglich an uns zu bringen.«

»Aber was, wenn dieser Tracker gar nicht das tut, was er soll?«, erkundigte sich Leo. »Sondern dich in eine Falle lockt?«

Ich schenkte meinen Freunden ein selbstsicheres Lächeln, als ich den Knopf für den Aufzug drückte.

»Bevor wir loslegen, werde ich noch ein Telefonat führen«, erklärte ich. »Denn die Erbauer dieses Horns können es auch lokalisieren. Zumindest hoffe ich das.«

Seitdem ich meinen ›Schwestern‹ erzählt hatte, was ich war und auch, was Areion war, musste ich um diese Tatsache nicht länger herumtanzen. Es hatte etwas sehr Erleichterndes an sich. Die Wahrheit immer genau so zu formulieren, dass sie niemanden verriet, war doch ziemlich anstrengend. Es war angenehm, zumindest bei meinen Freunden nicht die ganze Zeit auf der Hut sein zu müssen.

Nur konnte ich das wirklich? Ein Teil von mir wollte einfach nicht glauben, dass der Verräter unter den ›Schwestern‹ war.

»In welchem Stockwerk sind wir untergebracht?«, erkundigte ich mich, als sich die Türen des Aufzuges auseinanderschoben.

»Zehntes Stockwerk«, antwortete Sam. »Genau wie zu Hause.«

Damit bezog er sich auf die Räumlichkeiten der Gardisten, die Bereitschaftsdienst vor Ort hatten.

»Ist nicht unbedingt schlau, alles gleichzuhalten«, überlegte ich laut. »Auch wenn es zur Orientierung von Gästen anderer Tempel sicherlich hilfreich ist, hat es aber den Nachteil, wenn es um unerwünschte Gäste geht.«

Es ist doch offensichtlich, wer der Verräter ist, meldete sich Kallisto zu Wort. *Du gehst aufgrund dessen, was und wie Bjørnson es gesagt hat, davon aus, dass diese Keating nie mit den Erleuchteten gesprochen hat. Aber was, wenn doch? Sie weiß das alles. Sie weiß, wer die Schwerter sind und dass du offiziell der Schwertkopf bist, weil du Caliburn trägst.*

»Alles in Ordnung?«, erkundigte sich Josie bei mir, weil ich offensichtlich gerade eine ziemlich verblödete Miene machte.

»Ja, natürlich!«, rief ich als Antwort zu Kallisto aus und schlug mir vor den Kopf, was mich vermutlich noch bescheuerter wirken ließ.

»Irgendwie bezweifle ich das gerade«, kommentierte Kai und alle – mich eingeschlossen – mussten kichern.

»Haha«, erwiderte ich. »Die ganze Zeit habe ich überlegt, woher die Leuchten wussten, dass ich ein Teil der Schwerter des Großmeisters bin. Aber das wissen sie offensichtlich von Keating.«

»Und dass wir kommen würden?«, fragte Sam.

»Das war Elias«, erklärte ich. »Der seinem Vater alles berichten muss, was interessant für ihn ist. Er oder der Typ, den ich getötet habe …«

Wieder musste ich an Simon denken. Den anderen Passagieren des Aufzugs ging es mit Sicherheit auch so. Denn für einen Moment hielt uns ein betretenes Schweigen in einer festen Umklammerung.

»Das heißt dann aber auch, dass Keating ihnen nicht verraten hat, wer du in Wirklichkeit bist«, warf Teresa ein.

»Ja, das stimmt«, bestätigte ich.

Das typische Bimmeln des Aufzugs kündigte an, dass sich die Türen öffneten.

Als sie dies taten, wartete niemand darauf, uns in Empfang zu nehmen. Das lag sicherlich daran, dass alle außer mir bereits ihre Räume zugeordnet bekommen hatten.

»Du bist mit Josie und mir in einem Zimmer«, ließ Teresa mich wissen und verließ als Erste den Lift.

Sofort folge ich ihr, mit Josie im Schlepptau. Da wir ›nur‹ Gäste waren, hatte man uns in der hintersten Ecke und somit sehr weit vom Aufzug untergebracht. Dafür aber hatten wir einen wunderschönen Ausblick auf die City of London.

Für einen kurzen Moment bedauerte ich es, dass ich keinen kurzen Urlaub an meinen Aufenthalt hier dranhängen konnte.

Noch nie war ich in London zu Besuch gewesen, aber vermutlich würde ich von jetzt an jedes Mal an Simon erinnert werden.

Das Zimmer selbst war eher wie bei einer etwas besseren Jugendherberge eingerichtet. Wir hatten zwei in einem L stehende Etagenbetten, vier schmale, hohe Schränke ihnen gegenüber und ein kleines Bad. Da ich nicht davon ausging, dass wir in London übernachten würden, stellte ich meine Tasche vor der Fensterfront ab und holte den Doppelholster heraus, um ihn mir anzulegen. Währenddessen sprang Bastet aus meiner Tasche, maunzte einmal und streckte sich genüsslich.

»Wolltest du nicht noch telefonieren?«, fragte Josie ein wenig verwirrt, als ich auch die Pistolen herausholte, die Magazine hineinsteckte, sie durchlud, prüfte und in die Halterungen steckte.

»Das machen wir draußen«, lautete meine Antwort und ich setzte mich in Bewegung, um nach den Jungs zu sehen. »Macht euch startklar«, rief ich über meine Schulter zurück. »Ich möchte keine Zeit verlieren.«

»Du weißt, wie spät es ist?«, erkundigte sich Teresa und tippte dabei auf ihre Armbanduhr.

Es ging auf zehn Uhr abends Ortszeit zu.

»Hektor und du müsstet eigentlich kein Problem mit der Uhrzeit haben«, meinte ich. »Für euch ist es doch erst vier Uhr nachmittags.«

»Stimmt. Aber was ist mit dem Rest?«, fragte mich meine ehemalige Trainerin.

»Leo und Kai dürften müde sein«, erklärte ich ihr. »Und wenn sie aussetzen wollen, ist das für mich okay.«

»Versteh mich nicht falsch«, meinte Teresa. »Ich weiß, dass die Zeit drängt, aber wir sollten alle in der Lage sein, uns einem Kampf zu stellen, wenn es so weit ist.«

Ich warf einen Blick durch die nächstbeste Tür, die offenstand und fand dort sowohl meine Jungs als auch Hektor vor. Der Anblick machte mir erneut und auf schmerzhafte Weise bewusst, dass Simon fehlte.

»Lasst uns loslegen«, teilte ich ihnen mit und trat auf den Flur zurück.

Ob ich es wollte, oder nicht, in diesem Moment spulte sich die Erinnerung wie in Zeitlupe vor meinem inneren Auge ab. Ich durchlebte die gesamte Situation aufs Neue: das Gefühl der Bedrohung, der erstickte Knall der Pistole, die hastigen, instinktiven Bewegungen und die Sinnlosigkeit von allem.

Schon wieder hatte ich einen Menschen, der mir wichtig war, nicht retten können, trotz all dieser Gaben und meiner Fähigkeiten. Als ich Simon erreichte, war er bereits tot.

»Daria?«, hörte ich eine Stimme meinen Namen nennen, doch sie klang so weit entfernt wie auf der anderen Seite eines tosenden Flusses.

Selbst wenn sie mir nicht alle auf diese brutale Art und Weise entrissen würden, so würde ich sie doch verlieren. Einen nach dem anderen.

Durch Krankheit oder Alter. Selbst wenn ich ihnen mein Blut gab, um ihr Leben zu verlängern, würden ihre Körper nachlassen.

Und ich? Ich würde auf ewig jung bleiben, dazu verdammt, all jenen, die mir etwas bedeuteten, die ich liebte, beim Sterben zuzusehen. Und ich konnte nichts dagegen tun.

Daria. Es ist alles in Ordnung.

Kallistos Stimme klang glockenrein in meinem Kopf. Ich atmete tief durch und begann zu blinzeln.

Erst jetzt wurde mir bewusst, dass ich weinte. Die Tränen flossen in Strömen über meine Wangen. Mehr aus Instinkt schniefte ich und wischte mir dann mit dem Handrücken über meine Wangen.

Versprich mir, dass du immer an meiner Seite sein wirst, Kallisto. Versprich es mir.

Ich werde dich niemals willentlich verlassen, Daria, kleine Schwester.

Gut.

Auch wenn meine ›Schwerter‹ mich nicht hatten hören können, so nickte ich dennoch.

»Lasst uns gehen und dieses Horn zum Schweigen bringen«, verkündete ich entschlossen.

Kapitel 13

Auch wenn ich die fragenden Blicke meiner Freunde auf mir spürte, machte ich keine Anstalten, über meinen Gefühlsausbruch zu reden.

Ich war ihnen dankbar, dass sie nicht versuchten, mit mir über Simons Tod zu sprechen. Gewiss fühlten sie auch den Verlust ihres Freundes und Kameraden, aber sie waren nicht dabei gewesen.

Unten angekommen, ließ ich mir von einem der Ordensmitglieder den Hinterausgang zeigen, da ich nicht unbedingt mit zwei Pistolen, einem Kurzspeer und einem Schwert bewaffnet auf die offene Straße treten wollte.

Dann holte ich mein Handy hervor und wählte Areions Nummer. Als er nach fünf Mal Klingeln nicht ranging, legte ich auf und setzte mich in Bewegung. Nach ein paar Schritten versuchte ich es erneut, wartete wieder fünf Mal den Ton ab und legte auf, nur um ihn abermals anzurufen.

Dieses Mal bedurfte es nur zwei Klingeltöne, bis Areion den Anruf entgegennahm.

»Daria, ist alles in Ordnung?«, fragte er mich mit besorgter Stimme, ohne mich, wie sonst, zu begrüßen.

»Ja, mir geht es gut«, erwiderte ich und konnte mir ein Lächeln nicht verkneifen. »Ich bin in London und auf der Suche nach dem Horn.«

»Du bist dort?«

Wenn er vorher vielleicht noch gelassen geklungen hatte, so änderte sich dies nun ganz und gar. Es gefiel meinem Freund wohl offensichtlich nicht, dass ich am Ort eines solchen Geschehens war. Wusste er vielleicht mehr, als ich ahnte?

»Ja«, erwiderte ich ruhig. »Ich muss den Otherkin helfen und das hier beenden. Argos kann doch den Standort eines Artefaktes bestimmen, oder nicht?«

»Ja, das ist richtig«, bestätigte Areion, doch seine Stimme verriet mir, dass er nicht gerade glücklich über meine Anfrage war.

»Kannst du mir seine Position geben?«, bat ich. »Es wird immer noch regelmäßig geblasen.«

»Du bist dort nicht sicher«, sagte er schließlich.

»Warum?«, fragte ich, sowohl verwirrt als auch verärgert. »Weil die Erleuchteten dort auch eine Loge haben? Oder gibt es etwas, das ich wissen sollte?«

»Beides«, erwiderte Areion. »Aber vor allem wegen des Horns«, fügte er hinzu. »Es ist eine Kriegswaffe und zieht deswegen nicht nur Lilith, sondern auch noch Alessia an. Zwei dunkle Feen an einem Ort sind sehr gefährlich, aber gleich drei könnten in einer richtigen Katastrophe enden.«

»Wie? Drei?«, hakte ich stirnrunzelnd nach.

»Pandora lebt in London«, erzählte Areion mir.

Diesen Namen hatte ich schon einmal gehört. Doch war er nur erwähnt worden, während Alessia über die anderen dunklen Feen gesprochen hatte.

»Pandora«, wiederholte ich verdattert. »Die mit der Büchse.

»Richtig. Sie inspirierte den Mythos«, bestätigte mein Freund. »Neben Lilith und Alessia ist Pandora die letzte bekannte dunkle Fee.«

Ich erinnerte mich daran, dass Lilith sich auch als den ›vierten Reiter‹ bezeichnete und Alessia auch ›der zweite Reiter‹ genannt wurde. Alessia hatte mir erzählt, dass Nimoe, Königin Gwenhwyfars Mutter, der erste Reiter gewesen war.

Sie ist die Krone, hatte Kallisto gesagt.

»Ich werde aufpassen, versprochen«, gelobte ich. »Aber wir müssen das Horn finden. Was mit all diesen Otherkin passiert, ist nicht richtig. Das muss aufhören.

Mir ist es egal, warum es ständig geblasen wird, ich weiß nur, dass das aufhören muss.«

Areion schwieg für einen Moment.

»Ich schicke dir den Standort auf dein Handy«, meinte er dann. »Doch er wird sich nicht aktualisieren, sollte das Horn bewegt werden.«

»Das ist schon in Ordnung«, sagte ich und holte das Handy hervor, welches ich von den Erleuchteten erhalten hatte.

»Sei bitte achtsam«, ersuchte Areion mich.

»Ich habe nicht vor, einer von ihnen in die Arme zu laufen«, versprach ich. »Alessia wird mir sicherlich nichts tun, aber bei Lilith bin ich nicht sicher. Das ist also eine 50/50-Chance bei Pandora.«

»Ich meine es ernst«, betonte mein Freund.

»Ja«, antwortete ich. »Ich auch. Dunkle Feen sind in der Lage, einen Atlanter zu töten. Das weiß ich.«

»Das ist korrekt, aber noch nicht alles«, entgegnete Areion. »Nicht umsonst inspirierten die dunklen Feen die Reiter der Apokalypse. Ihre kombinierte Macht ist im wahrsten Sinne des Wortes verheerend.«

»Aber es sind nur drei«, platzte es aus mir heraus.

»Glücklicherweise«, erwiderte Areion und klang tatsächlich ein wenig erleichtert. »Nicht auszudenken wäre Nimoe noch am Leben und fühlte sich genötigt, nach London zu kommen. Diese vier haben den Lauf der Welt mehr als einmal beeinflusst. Wir können von Glück sprechen, dass Nimoe den Freitod gewählt hat.«

»Ich wusste nicht, dass das für eine dunkle Fee möglich ist«, meinte ich erstaunt.

»Ich kenne die Details nicht«, gestand Areion.

»Das ist jetzt auch nicht so wichtig«, ließ ich ihn wissen.

»Daria.« Wie jedes Mal, wenn er meinen Namen aussprach, bekam mein Herz Flügel, auch jetzt, da er aufrichtig besorgt klang. »Gehe ihnen aus dem Weg.«

»Das werde ich«, versuchte ich, ihn zu beruhigen.

»Überlass ihnen das Horn, wenn es sein muss«, fügte er nervös hinzu. »Das ist es nicht wert. Außerdem würden sie es niemals gegen Otherkin einsetzen.«

»Ich weiß Bescheid«, gab ich zurück und hakte zur Sicherheit nach: »Weißt du sonst noch etwas über das Horn?«

»Es ruft Otherkin zur Verteidigung der Atlanter auf und ist so stark, dass sein Schall jede Struktur zum Einstürzen bringen kann. Wer es gut beherrscht, weiß, wie man es auch gegen lebendige Wesen einsetzen kann.«

Diese Information beunruhigte mich ein wenig, aber es half, mich auf die Konfrontation mit Keating vorzubereiten.

»Das hilft mir sehr, danke«, teilte ich Areion mit.

»Daria«, sprach er wieder meinen Namen; dieses Mal aber in einem entschlossenen Ton. »Ich werde mich auf den Weg machen. Ich kann den Gedanken nicht ertragen, dass du in derart großer Gefahr bist.«

Ich konnte nicht anders, als meine Hand mitsamt dem Handy der Erleuchteten vor Rührung auf die Brust zu legen.

»Ich kann auf mich aufpassen«, versprach ich ihm. »Außerdem bin ich doch nicht allein.«

Wieder schwieg Areion für einen Moment, aber ich wusste, was in seinem Kopf vorging. Ich mochte vielleicht nicht allein sein, aber meine ›Schwerter‹ waren kein Ersatz für einen jahrtausendealten, erfahrenen Atlanter.

»Ich weiß, Areion«, fügte ich sanft hinzu. »Ich werde es dir nicht ausreden, herzukommen. Dazu bin ich viel zu egoistisch. Ich nehme jede Sekunde, die ich mit dir verbringen kann.«

Auch wenn ich es nicht sehen konnte, so wusste ich, dass mein Freund in diesem Moment lächelte.

»Tu mir bitte einen Gefallen und riskiere deswegen aber nicht deine eigene Sicherheit«, verlangte ich von ihm. »Wenn du wegen mir entdeckt wirst, könnte ich mir das nie verzeihen.«

»Dazu wird es Pegasos nicht kommen lassen«, war seine Antwort.

Das sagte mir, dass Areion sehr wohl seine eigene Sicherheit in Gefahr bringen würde, wenn es um mich ging.

»So sehr ich dich dafür liebe«, erwiderte ich, »die Vorstellung, deswegen von dir getrennt zu sein, ist schier unerträglich.«

»In Ordnung«, sprach Areion. »Wir versprechen also einander, vorsichtig zu sein.«

»Das tun wir«, meinte ich weich.

»Dann bis später, Daria«, verabschiedete sich mein Freund.

»Bis später, Areion.«

Selbst wenn ich es wollte, so war ich nicht in der Lage, mir das Grinsen aus dem Gesicht zu wischen. Das gelang mir auch dann nicht, als ich mich zu meinen ›Schwertern‹ umdrehte, die alle auf verschiedenste Art und Weise verschmitzt dreinschauten.

Verlegen räuspernd legte ich auf und schenkte nun dem Handy meine Aufmerksamkeit, das ich von den Erleuchteten erhalten hatte. Der Bildschirm erwachte gerade zum Leben, als ich von Areion die versprochene Information erhielt: eine Mitteilung mit einer Adresse, die ich dann über eine Karten-App aufrufen konnte. Derweil musste ich bei dem alten Mobiltelefon der Erleuchteten gar nichts machen.

Schnell verglich ich die beiden Standorte.

»Und?«, erkundigte sich Teresa, die zu mir kam.

»Die Leuchten haben nicht gelogen«, entgegnete ich und zeigte ihr die beiden Karten.

»Das ändert nichts daran, dass es eine Falle sein könnte«, meinte sie.

»Ja, das stimmt, aber dafür seid ihr ja mit dabei«, erklärte ich und blickte auf, um die anderen anzusehen und sie somit aufzufordern, auch zu mir zu kommen.

»Es sieht so aus, als bräuchten wir Autos«, sprach ich zu ihnen. »Wer organisiert uns welche?«

»Das mache ich«, meldete sich Hektor zu Wort und setzte sich in Bewegung.

»Wir sind sieben!«, rief ich ihm hinterher.

»Ich gehe mit ihm«, erklärte Mark und rannte ihm hinterher.

Wir waren nur ein paar Meter vom Londoner Tempel entfernt. Somit würde es nicht lange dauern, bis die beiden zwei Wagen organisiert hatten.

Allerdings beschäftigte mich nun etwas anderes: Als ich Areion kennenlernte, war er damit beauftragt, Verbotene Artefakte zu bergen, damit sie nicht in den Händen von Menschen verblieben – allen voran den Erleuchteten. Jetzt war in aller Öffentlichkeit das Horn erklungen und die Atlanter waren in der Lage, seinen Standort zu lokalisieren, aber sie unternahmen nichts?

Zugegeben, Areion war mit dieser Aufgabe nicht mehr persönlich betraut. Denn er hatte das Amt und die Pflichten meines Vaters übernommen, der nach Atlan zurückgekehrt war.

Nur glaubte ich mich richtig daran erinnern zu können, dass er nun derjenige war, der Aufträge wie diese an andere vergab, oder?

Wenn dem so war, musste ich davon ausgehen, dass wir Atlantern begegnen würden. Vielleicht waren sie schon auf dem Weg oder bereits da.

Das würde die Sache unnötig verkomplizieren.

Denn wenn ich ehrlich zu mir selbst war, wollte ich auf gar keinen Fall, dass das Horn wieder in die Hände Atlans wechselte.

»Wir müssen auf alles vorbereitet sein«, sagte ich sowohl zu mir selbst als auch zu meinen Zuhörern, was Kallisto mit einschloss. »Ich weiß nicht, ob es eine gute oder eine schlechte Seite ist, dass das Horn nicht schon längst von den Atlantern geborgen wurde.«

Meine Worte ließen meine Freunde aufhorchen.

»Vielleicht können sie sich ihm nicht nähern, oder aber sie haben Wichtigeres zu tun?«, überlegte Kai laut.

»Du meinst, sie jagen auch hinter diesem Zepter her, statt zu verhindern, dass unzählige Otherkin den Berserkerfluch erdulden müssen?«

Schweigend hörte ich ihnen zu. Konnte es wirklich sein, dass das Zepter wichtiger war? Hing die ominöse Sache, der sich Apophis nun widmete, mit der Tatsache zusammen, dass die Atlanter heute nicht eingriffen?

Oder bargen sie nur die Verbotenen Artefakte, die keine Aufmerksamkeit auf sich zogen?

Irgendetwas machte hier überhaupt keinen Sinn. Mir war klar, dass mir einige Teile des Puzzles fehlten, aber das, was ich wusste, beunruhigte mich sehr.

Kapitel 14

Bei der Autofahrt hatte ich beide Mobiltelefone genau beobachtet. Während der Standort, den Areion mir geschickt hatte, sich logischerweise nicht veränderte, bewegte sich der Punkt auf dem Handy der Erleuchteten weiter. Ich konnte nicht abschätzen, ob sie sich zu Fuß bewegten oder ein Fortbewegungsmittel nutzten. Das war in dem Moment nicht wichtig.

Den Rest der Fahrt hielt ich das Handy Hektor hin, der den Wagen, in dem ich mich befand, steuerte. Wir fuhren wieder zurück in den Süden der Stadt und sogar über die Themse, bis wir vor einem Gebäude anhielten, das schwarz angestrichen war.

Genau in dem Moment, als wir aus den Wagen ausstiegen, ertönte das Horn wieder donnernd über den Dächern der Southbank Londons. Es war so laut, dass wir uns alle instinktiv die Ohren zuhielten.

Wie konnte die Person, die es blies, nur diesen Lärmpegel ertragen? Möglicherweise war das Horn so konstruiert worden, dass es dem Bläser nicht schadete.

Aber auch das war gerade nicht wichtig.

Das Horn war gerade erst geblasen worden. Ich ging davon aus, dass sich Keating und ihre Begleiter – sollte sie denn welche haben – jetzt wieder in Bewegung setzen würden.

»Schnell!«, rief ich aus, als der brutale Ton endlich verklang. »Aufs Dach!«

Wir rannten los, auf die andere Straßenseite, mit Bastet, die uns blitzschnell überholte.

»Die Tür ist verschlossen!«, verkündete Kai, der an der Seite des Gebäudes stand.

Ich konnte die Doppeltür des Haupteingangs auch nicht mit normaler menschlicher Kraft bewegen.

Wie war Keating in dieses Haus gekommen?

»Sieht sonst jemand noch einen Eingang?«, fragte ich laut.

Sofort ärgerte ich mich, dass ich das Handy, das ich von den Erleuchteten erhalten hatte, nicht bei mir trug. Es lag in der Seitenablage der Beifahrertür.

»Hektor, ich brauche die Autoschlüssel«, rief ich Michael Cross' letztem verbliebenen Sohn zu.

Dieser hinterfragte weder meine Aufforderung noch ließ er mich lange darauf warten, als er mir auch schon die Schlüssel zuwarf. Mühelos fing ich das Lederbündel, an dem er hing, auf.

»Behaltet die Nebengebäude im Auge!«, befahl ich meinen ›Schwertern‹ und dem ›Schild‹, zu dem Teresa und Hektor gehörten, während ich über die Straße lief.

Das Letzte, was ich wollte, war, dass wir in einem Gebäude nach Keating suchten, in dem sie sich gar nicht mehr befand.

Auf der Hälfte des Weges entriegelte ich das Auto, sprintete weiter, riss die Beifahrertür auf und holte das Handy heraus.

Der Punkt war immer noch an der gleichen Stelle. Erleichtert atmete ich auf, aber dieses Gefühl war nicht von langer Dauer. Wie so oft am heutigen Tage kroch eine düstere Vorahnung mein Rückgrat wie eine Armee aus Ameisen empor.

»Da ist sie!«, rief Mark. »Haupteingang!«

»Pistolen!«, brüllte ich, steckte das Handy in meine Hosentasche und zog selbst meine Schusswaffen, bevor ich mich auf den Weg zurück zum Gebäude machte.

In dem Moment trat Keating durch die Doppeltür, von der je ein Flügel von zwei Otherkin gehalten wurde, die offen ihre animalische Seite zur Schau stellten.

Ich konnte mir kaum vorstellen, dass sie Keating freiwillig dienten. Vielleicht hatte dies etwas damit zu tun, dass sie das Horn blies.

Plötzlich überkam mich die Sorge, dass das, was ich für Leo und Josie getan hatte, nicht ausreichte, um sie vor dieser Wirkung des Verbotenen Artefaktes zu schützen.

»Legen Sie das Horn ab, Keating!«, brüllte Hektor meine ehemalige Professorin an, während er mit seiner Waffe auf sie zielte.

All meine Begleiter standen in einem Halbkreis um sie herum. Die entthronte Großmeisterin hatte keine Chance, ihnen zu entkommen. Doch irgendetwas sagte mir, dass sie das gar nicht vorhatte.

Mit beiden Waffen auf sie gerichtet, kehrte ich langsam und beobachtend zu den anderen zurück.

Keating trug in beiden Händen das, was nur das Horn sein konnte. Es war nicht aus Metall, sondern ein langes, zweimal in sich gedrehtes, zweifarbiges Horn eines Tiers. Zumindest sollte es so aussehen. Ob es das wirklich war, konnte ich nicht sagen.

Ein selbstgefälliges Grinsen erschien auf Keatings Gesicht. Es war klar, dass sie der Aufforderung nicht nachkommen würde. Sie wusste, dass ich nicht zulassen würde, dass den beiden verwandelten Otherkin etwas geschah. Selbst wenn sie sie mithilfe des Horns auf uns hetzte.

In dem Moment, als sie das Horn anhob, um es zu blasen, schoss ich je zwei Mal mit meinen Pistolen, doch es drang bereits ein Ton aus dem Instrument.

Die vier Kugeln erreichten nicht ihr Ziel.

Die enorme Druckwelle, die mit dem Klang des Horns einherging, fegte meine Freunde und mich von den Füßen. Sie war so stark, dass sogar die Kugeln von ihr aufgehalten wurden.

Der Schmerz in meinen Ohren war unerträglich, aber ich war in der Lage, meinen Sturz aufzufangen, während die anderen rücklings auf dem harten Asphalt landeten. Mir war schwindelig und ich konnte nicht klar sehen.

Sobald der Ton verklungen war, stürzten sich die zwei verwandelten Otherkin auf meine Verbündeten.

»Stopp!«, brüllte ich in der Sprache der Atlanter. »Der Kampf ist vorüber!«

Verwirrt hielten die beiden Männer inne.

Keatings schockierter Gesichtsausdruck gab mir eine gewisse Genugtuung, aber ich wusste, dass die Gefahr nicht vorüber war. Mir war ebenfalls klar, sie würde nicht zulassen, dass ich den beiden jetzt half.

Meine Ohren rauschten. Als sich Keatings Lippen bewegten, konnte ich nur Fragmente verstehen, aber ich brauchte sie nicht zu hören, um zu wissen, was meine ehemalige Mentorin vorhatte.

Dann sterben sie halt auch?! Kallisto wiederholte die wenigen Worte Keatings in meinem Kopf. *Was hat sie vor, Daria?*

Wer es gut beherrscht, weiß, wie man es auch gegen lebendige Wesen einsetzen kann, erinnerte ich sie an das, was Areion mir gesagt hatte. *Genau das hat sie vor.*

Das können wir nicht zulassen!

»Das habe ich auch nicht vor«, murmelte ich, steckte meine Pistolen wieder in ihre Holster und ging mit grimmigem Gesichtsausdruck auf Keating zu.

Auch wenn es ihr offensichtlich nicht gefiel, dass ich noch stand, schien sie nichts Außergewöhnliches daraus zu schließen. Immerhin hatte ich mich ein paar Meter weiter weg befunden.

Keatings siegessicheres Grinsen wuchs, je mehr ich mich ihr näherte. Es war dieser Ausdruck auf ihrem Gesicht, der mir erklärte, warum sie so viele Stunden lang quer durch London gereist war, um das Horn zu blasen. Es ging nicht nur darum, zu demonstrieren, wie gefährlich und unmenschlich die Otherkin waren – ein Vorurteil, gegen das ich vehement vorging, jedes Mal, wenn es zur Sprache kam. Nein, hier ging es um etwas anderes.

Es war etwas Persönliches.

Keating wollte mich töten. Entweder durch die Otherkin oder mithilfe des Horns.

Es gab nur eine Sache, die sie bei ihrem Vorhaben nicht berücksichtigt hatte: Die Möglichkeit, dass ich kein Mensch war, und die Eventualität, dass ich die gleichen Gaben besaß wie Apophis. Ich war mir absolut sicher, dass er ihr niemals erzählt hatte, dass er mein Onkel war. Denn dann würde eine ganz andere Miene in ihrem Gesicht geschrieben stehen.

Apophis hatte mir ein Geschenk gemacht.

Vermutlich ahnte Keating nicht einmal, dass sie ihren Nutzen erfüllt hatte und Apophis sich ihrer nun entledigte.

Das wiederum brachte mich zum Grinsen – ob es richtig war, oder auch nicht.

Wieder hob Keating das Horn zu ihrem Mund und atmete dabei tief ein, aber ich war schneller.

»Stopp!«, schrie ihr ihr mit der zweiten Stimme entgegen.

Keating erstarrte. Ihre Augen weiteten sich vor Entsetzen.

»Du bewegst dich kein Stück, bis ich es dir sage!«, befahl ich ihr weiter.

Dann ließ ich sie erst einmal stehen, um mich meinen Freunden zu widmen, die sich auf den Boden wanden oder sich gerade aufsetzten.

»Ich glaube, ich bin taub!«, rief Kai lauter, als es notwendig war.

Die Ironie dieser Situation brachte mich fast zum Lachen. Denn da Keating ihr Gehör lahmgelegt hatte, waren sie nicht in der Lage gewesen, meine zweite Stimme zu hören.

»Oh, dieses Piepsen«, stöhnte Leo.

Sie würden vorerst in Ordnung sein, auch wenn ihr Gehör vielleicht einen Schaden davongetragen hatte, würde ich in der Lage sein, die Verletzung zu beheben.

In aller Ruhe, während Keatings Arme zu zittern begannen, ging ich auf einen der zwei Otherkin zu.

»Es ist in Ordnung«, sprach ich in der Sprache meines Vaters sanft zu ihm.

Dann legte ich ihm meine Hände an die Schläfen und versuchte das zu wiederholen, was mir bereits bei Leo und Josie gelungen war.

Es bedurfte Zeit und ich nahm mir so viel davon wie nötig, denn Keating konnte nichts anderes tun, als meinem Befehl, starr wie eine Salzsäule, Folge zu leisten. Sie bekam etwas von ihrer eigenen Medizin.

Trotz Areions Sorge darüber, dass sich die drei verbliebenen dunklen Feen in London versammeln könnten, kümmerte ich mich in aller Ruhe auch um den zweiten Otherkin. Anders als mein Freund glaubte ich nicht, Lilith könne Interesse haben, mich zu töten, und mit Alessia verband mich etwas, das man durchaus als den Beginn einer Freundschaft bezeichnen konnte. Die einzige Unbekannte für mich war Pandora.

Als ich schließlich ebenfalls den zweiten Otherkin vom Berserkerfluch befreit hatte, war auch mein Gehör durch meine Nanitozyten wiederhergestellt. Das gab mir Hoffnung, dass meine Begleiter keine permanenten Schäden von dem Schallangriff davontragen würden.

»Wer kann mich alles hören?«, erkundigte ich mich und die vor mir auf dem Boden Sitzenden hoben ihre Hände.

Ich war mir mittlerweile sicher, dass der Effekt, dem wir ausgesetzt waren, ähnlich der einer heftigen Explosion war. Zumindest hatte es sich so angefühlt.

»Ihr könnt gehen«, ließ ich die beiden Otherkin wissen, die sich tausendmal bedankten und dann ihre Beine in die Hände nahmen.

Erst dann widmete ich mich wieder Keating. Nicht ohne vorher an einem Mülleimer vorbeizugehen und das Handy der Erleuchteten hineinfallen zu lassen. Im Anschluss trat ich an Keating heran und nahm ihr das Horn aus den zitternden Händen, indem ich Finger für Finger löste und es dann an mich nahm.

Keating stand nach wie vor in ein und derselben Position, gefangen in ihrem eigenen Körper.

»Senk die Arme«, wisperte ich zu ihr, damit meine Freunde die zweite Stimme nicht hörten, und fügte lauter hinzu: »Es ist den Erleuchteten zu verdanken, dass ich dich finden konnte. Ich vermute einmal, es ist ein Tracker bei dir versteckt. Oder sie haben etwas auf deinem Handy installiert. Das heißt, du hast nicht nur mit einem Dämon kollaboriert, sondern auch mit dem Erzfeind. Das ist Hochverrat.«

Als ich mich daran erinnerte, dass sie mich einst genau desselben Verbrechens angeklagt hatte, konnte ich die Ironie daran nicht ignorieren. Hätte Keating mir damals nicht das Leben gerettet, um mich auf die Suche nach Caliburn und der Krone zu schicken, wären wir mit Sicherheit nicht hier.

»Anders als du werde ich die Entscheidung ganz alleine dem Rat überlassen«, erklärte ich ihr. »Denn ich bin emotional zu involviert.«

»Hier ist deine Pistole«, sprach Kai mich an und überreichte mir meine Waffe, die ich wohl verloren haben musste, als Keating das Horn geblasen hatte.

»Danke dir«, antwortete ich und nahm die Pistole entgegen.

Kai blieb bei mir stehen und betrachtete Keating neugierig.

»Ist es das, wovon du gesprochen hast?«, wollte er von mir wissen. »Diese ›zweite Stimme‹?«

»Ja«, bestätigte ich.

»Unheimlich«, kommentierte Kai, nur um sich wieder abzuwenden.

Das war es in der Tat. Keating stand die ganze Zeit nur da, die Augen aufgerissen, nicht in der Lage etwas zu tun oder zu sagen. Es musste fürchterlich sein, aber sie hatte es verdient.

Wenn es nach mir ging, hatte Keating weitaus Schlimmeres verdient.

Meine Hände schlossen sich fester sowohl um das Horn als auch die Pistole.

Tu es nicht. Kallistos Stimme war eindringlich.

»Ich habe nicht vor, sie zu erschießen«, erwiderte ich leise, aber für die Verräterin durchaus hörbar »Ich finde nur, sie sollte eine Strafe gemäß ihrer Verbrechen erhalten. Sie sollte das gleiche Leid erdulden, welches sie über Hunderttausende Otherkin gebracht hat.«

Mit einem Gesichtsausdruck, der so gleichgültig war, wie es mir gelingen mochte, schaute ich sie an.

Ich konnte Angst in Keatings Augen sehen, aber auch Hass und Wut.

»Josie, Leo«, rief ich die beiden Otherkin meiner ›Schwerter‹ herbei.

Keatings Körper zuckte leicht, als sich die beiden näherten.

»Ich gebe diese Verbrecherin in eure Obhut«, sagte ich ihnen. »Fahrt mit ihr schon einmal zum Flughafen und haltet sie dort fest. Wir nehmen sie mit.«

»Ja, Ma'am.«

»Keating«, sprach ich meine ehemalige Mentorin in der zweiten Stimme an – ich merkte zwar, dass sich Josie und Leo kurz anspannten, aber ansonsten unbeeinflusst blieben. »Du wirst diesen beiden aufs Wort getreu gehorchen. Du wirst nur sprechen, wenn einer der zwei dich dazu auffordert, oder du grundlegende Bedürfnisse äußern musst: der Gang zur Toilette, etwas trinken oder essen. Ansonsten schweigst du. Dein freier Wille wird erst dann wiederhergestellt, wenn einer der beiden deinen vollen Namen ›Adelaide Keating‹ sagt.«

Anschließend nickte ich den beiden zu.

»Sag ›Ich bin ein Idiot‹«, befahl Josie.

»Ich bin ein Idiot«, wiederholte Keating sofort.

Mit hochgezogener Augenbraue und ein Lachen unterdrückend sah ich die Otherkin an.

»Ich wollte nur sichergehen, dass es funktioniert«, meinte sie mit einem Schulterzucken.

Leo schüttelte den Kopf.

»Komm, Keating«, sagte er der Gefangenen und nahm sie beim Arm. »Ab zum Auto.«

Ohne jegliche Gegenwehr trottete die einst so stolze Frau neben dem Otherkin her. Ich hoffte nur, dass die Macht meiner zweiten Stimme lange genug anhalten würde, um sie zu ihrer Verhandlung problemlos zu überstellen.

»Mark und Sam, ihr begleitet die beiden«, rief ich. »Sorgt dafür, dass das Flugzeug bereit ist.«

»Klar, Boss!«

Mittlerweile hatten sich alle aufgerappelt.

»Teresa, Hektor«, sprach ich die zwei an, die das ›Schild‹ des Großmeisters waren. »Ich gebe das Horn vorerst in eure Hände. Bitte achtet so lange darauf, bis ich aus der Ratssitzung wieder zurück bin.«

Damit übergab ich das Horn an Teresa.

»Kai, du wirst mich zum Ratssaal begleiten«, ließ ich ihn wissen und schaute auf mein Handy, um die Uhrzeit zu lesen. »Fast Mitternacht. Lasst uns fahren.«

So glücklich ich darüber war, dass wir sowohl Keating gefangen als auch das Horn zurückbeschafft hatten, wollte sich das Gefühl des Triumphs nicht bei mir einstellen. Es war alles zu einfach gewesen.

Wir haben Simon verloren, wandte Kallisto berechtigt ein. *Es war also nicht wirklich ›einfach‹.*

Damit hatte sie zwar recht, aber ich spürte wieder diese eisige Beklemmung, die mich vor etwas warnen zu wollen schien.

Es lag nicht daran, dass die Erleuchteten geholfen hatten, oder Apophis Keating mir überlassen hatte. Es war die Tatsache, dass weit und breit kein Atlanter zu sehen war, der auf mich zutreten und mir mitteilen wollte, dass er oder sie das Horn nun an sich nehmen würde.

Kapitel 15

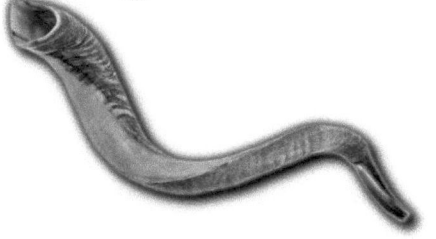

Willst du wirklich für die Ratssitzung zurück zum Londoner Tempel? Sie haben sich nicht gerade Lorbeeren verdient, oder doch?

Kallistos Einwand war durchaus berechtigt. Sie waren ihren eigenen Plänen gefolgt und hatten damit mehr als nur ein Vergehen begangen. Auch nur einen von ihnen jetzt an der Ratssitzung teilnehmen zu lassen, war nicht richtig.

Du hast recht, erwiderte ich. *Aber ich wollte ihnen gerne aufzwingen, Wiedergutmachung an den Otherkin zu leisten, die sie so schändlich behandelt haben.*

Um das sicherzustellen, müsstest du dableiben.

Wieder einmal musste ich meiner besten Freundin zustimmen, aber sie hatte etwas vergessen.

»Wenn wir ankommen«, sprach ich, »holt ihr bitte Elias aus seiner Zelle und fahrt mit ihm und dem Horn zum Flughafen. Wartet nicht auf mich, sondern fliegt direkt los. Mein Freund kommt mich abholen.«

»Kein Problem, Boss«, erwiderte Kai und gähnte herzhaft. »Ich kann es kaum erwarten nach Hause zu kommen.«

»Und bitte vergesst unsere Taschen nicht«, fügte ich noch hinzu.

»Das mache ich«, meldete sich Hektor freiwillig.

»Ich passe dann so lange auf das Horn auf«, sagte Teresa. »Ich gehe einmal davon aus, dass du es nicht hier einlagern möchtest.«

»Auf gar keinen Fall!«, rief ich aus, obwohl ich wusste, dass sie es gar nicht ernst gemeint hatte.

Es war meinen drei Begleitern anzusehen, dass sie – genau wie ich – kaum erwarten konnten, diese Stadt hinter sich zu lassen, dabei hatten wir so gut wie nichts von ihr gesehen.

Areion würde es in jedem Fall gutheißen, dass ich nicht länger als nötig in Pandoras Stadt blieb.

Es hätte sicher alles anders kommen können, wäre Simon nichts zugestoßen. Ich konnte mir vorstellen, ein paar Tage hierzubleiben, um die Stadt zu besichtigen und vielleicht sogar feiern zu gehen. Pandora hin oder her, doch lebten wir nicht im ›Hätte‹.

»Der Rat wird sauer sein, dass du so lange auf dich warten lässt«, meinte Teresa zu mir.

»Die Welt richtet sich nicht nach ihrem Willen«, meinte ich nur. »Damit muss jeder leben, also auch unsere lieben Ratsleute.«

Kaum hatte ich den Satz zu Ende ausgesprochen, hielt Kai auch schon vor dem Gebäude, das ich bis jetzt nur ein einziges Mal betreten hatte. Es war irgendwie surreal, dass es mir dennoch so bekannt vorkam.

»Wir sehen uns zu Hause«, verabschiedete ich mich und stieg aus dem Wagen, um geradewegs durch die Tür und zum Aufzug zu gehen.

Da dieses Gebäude mit dem Haupttempel quasi identisch war, wusste ich ganz genau, wo ich hinmusste. Dieses Mal versuchte man mich nicht in einen anderen Raum umzudirigieren. Auch die beiden Gardisten, die die Türen des Ratssaales bewachten, waren unterrichtet worden, denn sie öffneten mir ohne Weiteres die Tür, obwohl ich zwei Pistolen am Gürtel und ein Schwert und einen Kurzspeer auf dem Rücken trug.

Natürlich lag die Aufmerksamkeit auf mir, sobald ich den Saal betrat, aber ich war das mittlerweile gewohnt. Einige der in zwei Halbkreisen sitzenden Personen kannte ich noch aus dem Meeting vor ein paar Stunden. Der Tür und somit mir gegenüber war eine Videowand mit Kamera aufgebaut worden, sodass wir direkt mit dem Rat bei mir zu Hause in Kontakt standen, wo es jetzt kurz nach sechs Uhr in der Früh war.

»Sie sind spät, Großmeisterin«, begrüßte mich Ratsmitglied Maron mit ihrer üblichen Feindseligkeit.

»Dafür werde ich mich nicht entschuldigen«, gab ich in einem schnippischeren Ton zurück, als ich es vorgehabt hatte. »Leider war ich damit beschäftigt die Verräterin Keating festzunehmen, die versucht hat, mich mithilfe des Horns zu ermorden. Mich sowie die Mitglieder von Schild und Schwert. Selbstverständlich konnten wir das Horn bergen. Wie sieht es mit dem Zepter aus, irgendwelche Fortschritte?« Damit wandte ich mich an den Tempelmeister, dem eine Erwiderung nicht einfallen konnte. »Dachte ich es mir doch.«

»Wo ist denn das Horn?«, wollte einer der vor Ort Anwesenden wissen.

»Sie zweifeln mein Wort an?«, fragte ich gespielt perplex.

»Natürlich nicht!«

»Es gibt einiges zu besprechen«, wandte ich mich der Videoleinwand zu. »Allen voran natürlich, was wir mit dem Horn machen, aber auch, wie wir den Rat des Londoner Tempels dafür bestrafen, seine Prioritäten nicht richtig ordnen zu können. Entweder haben sie vergessen, wem sie dienen, oder sie haben sich gegen den Orden gestellt. Die dritte Option wäre, dass sie ganz genau wissen, was es mit dem gestohlenen Zepter auf sich hat und es für sich behalten wollen, aber auch das ist in meinen Augen Hochverrat. Ich beantrage eine unabhängige Ermittlung in dieser Sache.«

»Einverstanden«, sagte ein anderes Mitglied in der Sache. »Darüber werden wir uns in aller Ausführlichkeit unterhalten, nachdem wir über das Horn gesprochen haben. Wo ist es derzeit, Großmeisterin?«

»Im Gewahrsam meiner persönlichen Leibwache«, antwortete ich sofort. »Ich plädiere dafür, das Horn den Brüdern des Feuers zu überbringen. Es hat sich als viel zu gefährlich und viel zu mächtig erwiesen.«

»Das ist ein sehr gutes Argument«, pflichtete mir Cross bei.

»Es ist das Horn von Jericho!«, protestierte Maron. »Ein Gegenstand von historischer Bedeutung! Es zu zerstören, käme dem gleich, die Gutenberg-Bibel zu verbrennen!«

»Mit dem Unterschied, dass dieses Buch nicht in der Lage ist, Otherkin in Raserei verfallen zu lassen, sodass sie sich ungewollt bloßstellen, oder Gebäude zum Einsturz zu bringen, oder Menschen zu töten.«

»Es hat einen Grund, warum das Horn die ganze Zeit über im Fluchwächter-Verlies lag«, brachte sich ein anderes Mitglied des Rates ein.

Nachdem einige Ratsmitglieder sich für und wider die Vernichtung des Horns aussprachen, schlug ich eine Abstimmung vor. Es war ein knappes Ergebnis, doch es fiel gegen die Vernichtung aus.

»Wir halten fest«, wiederholte Maron vor Triumph grinsend. »Der Rat spricht sich dafür aus, dass das Horn nicht vernichtet wird.«

Ich versuchte, meine Gesichtszüge zu kontrollieren und es mir nicht anmerken zu lassen, dass ich genervt war. Die Abstimmung war genauso verlaufen, wie ich es erwartet hatte.

Nun lag wieder einmal aller Aufmerksamkeit bei mir, denn ich konnte immer noch ein Veto einlegen.

Betont niedergeschlagen atmete ich durch, bevor ich das Wort ergriff: »Ich beuge mich dem Willen des Rates. Das Horn wird nicht vernichtet. Ich werde es in sichere Hände überbringen.«

»Das Horn wird gesichert«, sprach Ratsmitglied Maron, als wolle sie mir Salz in die Wunde streuen.

»Wenn der Rat erlaubt, werde ich die Diskussion bezüglich des Fehlverhaltens des Londoner Tempels aussetzen und mich auf dem Weg nach Hause machen«, sagte ich, während ich ein Gähnen unterdrückte.

»Hat jemand etwas dagegen einzuwenden?«, fragte de Silva in die Runde.

Auch wenn ich nicht alle sehen konnte, so schien der Rat damit einstimmig einverstanden zu sein.

Ein Teil von mir hielt es für falsch, als Ankläger nicht anwesend zu sein. Andererseits hatte ich großes Vertrauen darin, dass sich der Tempelmeister sehr gut selbst in die Bredouille reden konnte.

»Großmeisterin«, sagte Ratsmitglied Cross. »Wir wünschen Ihnen eine gute und sichere Heimreise.«

»Vielen Dank«, erwiderte ich. »Wir sehen uns in einigen Stunden, um über das Zepter zu sprechen.«

»Was hat es mit diesem Zepter auf sich?«, wollte Maron wissen, als würde sie bewusst herauszögern, dass ich eine Runde Schlaf bekam.

»Das ist der Gegenstand, der mithilfe des Horns aus dem Tower of London entwendet wurde«, gab ich zurück. »Diese Information erhielt ich ausgerechnet von den Erleuchteten, denn der Londoner Tempel war in eigener Sache unterwegs.«

»Unerhört!«, rief jemand auf der anderen Seite der Videoübertragung aus.

»Was wissen wir über das Zepter?«, wollte Cross wissen. »Welche Fähigkeiten besitzt es?«

»Ich glaube, diese Fragen kann und sollte besser Tempelmeister Arthur Meyers beantworten«, erwiderte ich mit einem freundlichen Lächeln und verneigte mich leicht, als ich hinzufügte: »Ich bin sicher, dass dieses Thema noch lange nicht geklärt ist, wenn wir das nächste Mal vollständig zusammenkommen.«

Im Tumult von Empörung und Vorwürfen stahl ich mich heimlich davon. Zwar hatte meine Beteiligung nicht allzu lange gedauert, doch ich war mir sicher, dass Teresa, Hektor und Kai bereits am Flughafen auf mich warteten.

Auf dem Weg nach draußen beschloss ich, meine ›Schwerter‹ anzurufen und wählte dabei zunächst aus reiner Gewohnheit Simons Nummer. Die Erkenntnis lag mir wie eine zu große Portion Eis im Magen.

Also rief ich Sam an.

»Hallo Daria, alles in Ordnung?«, erkundigte er sich sofort bei mir.

»Ja, seid ihr alle zusammen?«, wollte ich wissen.

»Ja, es sind alle da«, bestätigte Sam.

»Gut, setzt mich auf Freisprechen«, bat ich ihn.

»Okay, erledigt.«

»Okay, Leute, hört mir gut zu«, sprach ich und drückte den Knopf für den Aufzug. »Keating bleibt in der Obhut von Josie und Leo. Ihr werdet sie nicht zum Tempel bringen, sondern dem Ältestenrat der Otherkin übergeben. Die Verbrechen, die sie gegen den Tempel begangen hat, sind nichts im Vergleich zu dem, was sie den Otherkin angetan hat. Daher ist es nur rechtens, dass der Rat über ihr Schicksal entscheidet.«

Mit dem typischen Ton öffnete sich der Lift vor mir. Ich stieg ein, während mir von der anderen Seite der Leitung erst einmal nur Schweigen entgegendrang.

»Verstanden?«, hakte ich nach und betätigte dabei den Kopf für das Erdgeschoss.

»Ja, natürlich«, meinte Josie und klang beschwingt.

»Ich möchte, dass ihr Elias mit nach Hause nehmt und unter Hausarrest stellt. Isadora soll ihn sich genauer ansehen und gegebenenfalls einen Zauber nutzen, um zu verhindern, dass er zu entkommen versucht. Er darf nicht telefonieren, oder alleingelassen werden.«

Jetzt kam von der anderen Seite ein Wortsalat der Bestätigung.

»Sam hat bis zu meiner Rückkehr das Sagen.«

Das Einverständnis meiner ›Schwerter‹ kam genau so schnell wie zuvor.

»Sollen wir auf dich warten, oder schon einmal losfliegen?«, erkundigte sich Sam.

Sobald sich der Aufzug im Erdgeschoss öffnete, ging ich schnurstracks zur Vordertür hinaus und musste lächeln.

»Ich bin gleich da.«

Kapitel 16

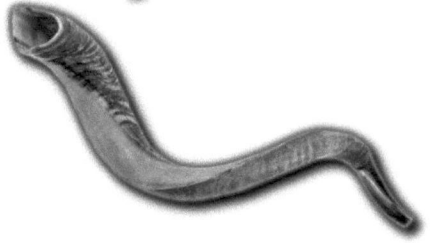

Mein Handy vibrierte in meiner Hosentasche und für einen Moment war ich wirklich versucht, es einfach klingeln zu lassen. Doch das würde nur dazu führen, dass sie zu Hause nervöser wurden, als sie es vermutlich schon waren.

»Entschuldigt, ich muss da drangehen«, sagte ich und nahm den Anruf entgegen.

»Großmeisterin«, drang mir Ratsmitglied Cross' besorgte Stimme entgegen. »Ist alles in Ordnung? Wir konnten Sie nicht erreichen und haben daher einen ihrer ›Schwerter‹ angerufen, nur um zu erfahren, dass sie nicht an Bord sind? Wo sind Sie?«

»Es ist gerade wirklich ungünstig«, erklärte ich mit betroffener Stimme. »Mir geht es gut. Es gab nur eine kleine … sagen wir … Planänderung.«

»Miss St. Claire«, dröhnte Ratsmitglied Marons Stimme durch den Hörer, dass ich ihn ein wenig von meinem Ohr wegziehen musste – ich streckte den Arm sogar ganz aus. »Sie können doch nicht einfach einen Alleingang machen?!«

»Entschuldigung?«, rief ich leise meinem Handy entgegen. »Ich verstehe Sie gerade…« Und damit legte ich auf.

»Bei uns würde das nicht funktionieren«, stellte Areion trocken fest.

»Es ist dennoch belustigend«, schmunzelte unsere Gastgeberin, der ich nun wieder meine Aufmerksamkeit schenkte, während ich das Handy wegsteckte.

»Du bist dir wirklich sicher, dass du das tun willst, Daria?«, fragte ihre Partnerin überrascht, aber auch ein wenig verwirrt.

»Ich habe versprochen, das Horn in sichere Hände zu geben, und ich kann mir keinen sichereren Ort für dieses Artefakt vorstellen, als hier bei euch«, sagte ich.

»Du hättest es deinem Geliebten geben können«, meinte Kami und wir beide beobachteten, wie Areions Gesicht errötete.

»Nichts für ungut«, erwiderte ich. »Aber er wäre nur gezwungen, es Atlan zu bringen.«

»Das stimmt leider«, bestätigte er.

»Nur bei Alessia und dir bin ich mir sicher, dass es niemals wieder gegen Otherkin eingesetzte wird«, fuhr ich fort und wandte mich an die rote Fee. »Und ich kann mir gut vorstellen, dass du ein bisschen weniger rastlos sein wirst, wenn ein Kriegsinstrument mit dieser Macht unter deinem Schutz steht.«

»Ich weiß nicht, was ich sagen soll, Daria«, gestand Alessia mit offensichtlicher Verlegenheit.

»Wir danken dir für dein grenzenloses Vertrauen«, sprach Kami, die das Horn fast schon ehrfürchtig in beiden Händen hielt. »Wir werden dich nicht enttäuschen und ich habe auch schon den perfekten Platz für dieses Stück.«

Damit drehte sich die Exilantin um und schaute bedeutsam auf die große Vitrine, in der bis jetzt die Lanze geruht hatte. Es war ein perfekter Tausch. Ich bildete mir ein, es Alessia bereits ansehen zu können, dass etwas von ihrer Fluch-ähnlichen Unruhe nachließ.

»Wunderbar«, kommentierte ich diese Geste. »Da wäre aber noch etwas«, erklärte ich mit erhobenem Finger. »Ich glaube, ich habe die Möglichkeit, deine Kitsune gegen den Klang des Horns zu immunisieren.«

»Wie faszinierend!«, erwiderte Kami. »Ich werde sie fragen, ob sie es versuchen möchten.«

»Natürlich«, meinte ich. »Auf keinen Fall möchte ich das jemandem aufzwingen. Ich glaube nur, es könnte nützlich sein, sollte es noch ein Horn dieser Art geben.«

»Das tut es nicht, das kann ich dir versichern«, sprach Kami zuversichtlich. »Die meisten Artefakte sind einzigartig, wie zum Beispiel all diejenigen, die in meiner Sammlung sind. Es gibt eher wenige, von denen es mehr als eines gibt.«

Ohne eine Vorwarnung setzte sich Kami mit dem Horn in Richtung der großen Vitrine in Bewegung.

»Was ist mit dem Zepter?«, erkundigte ich mich aus einem Impuls heraus.

Die Exilantin blieb jäh stehen und sah mich mit einem Blick an, der sowohl Neugierde als auch Sorge zu zeigen schien. Deswegen überraschte mich auch ihre Antwort.

»Es gab verschiedene Arten von Zeptern«, sagte sie zu mir. »Und doch ist jedes von ihnen so einzigartig wie ein Schlüssel.«

Ein Schlüssel?

War das wirklich eine Metapher, oder war das auch wortwörtlich gemeint? Welches Schloss konnte dieses Zepter wohl öffnen?

Hing es vielleicht mit dem Juwel zusammen, das einen bestimmten Standort kennen sollte?

Kami setzte sich weiter in Bewegung, sodass ich ihr wieder folgte.

»Schwebt dir ein bestimmtes vor?«, erkundigte sie sich so betont desinteressiert, dass ich wusste, wie extrem groß ihre Neugierde sein musste.

Ich kam nicht dazu, ihr eine Antwort zu geben.

»Moment, London!«, erkannte sie.

Kamis Gesicht war mit einem Mal blass.

»Alles in Ordnung?«, erkundigte ich mich, obwohl ich wusste, dass dem nicht so war.

»Du bist sicher, dass Apophis hinter dem Ganzen steckt?«, wollte Kami von mir wissen.

»Wann tut er es nicht?«, erwiderte ich, doch da mir die Exilantin einen ernsthaften Blick zuwarf, beschloss ich, ihr eine direkte Antwort zu geben. »Ich gehe davon aus, aber ich kann es nicht mit Sicherheit sagen. Die Erleuchteten waren nicht gerade begeistert über den Einsatz des Horns in London, weshalb sie mir geholfen haben, die Person, die es blies zu finden. Ich hatte den Eindruck, dass sie eifersüchtig waren, dass Keating mit einem Mal so viel von Apophis‘ Aufmerksamkeit erhalten hat.«

»Aber es könnte auch ein anderer Exilant gewesen sein?«, hakte Kami nach.

»Ich kenne nur Apophis und dich«, gestand ich.

»Es gibt noch ein paar andere, die hin und wieder eng und weniger eng mit den Erleuchteten gemeinsame Sache machen«, erklärte Kami. »Hast du eine Ahnung, in welchem Zusammenhang das Zepter stehen könnte?«

Wieder tat Kami unbeteiligt. Plötzlich bereute ich es, damit überhaupt angefangen zu haben. Etwas an ihrem bewusst unterdrückten Interesse setzte mir zu.

»Ich wüsste nicht was«, log ich. »Zum Beispiel?«

»Karten, Kristalle, Juwelen«, zählte Kami auf.

Jetzt stellte ich mich bewusst dumm und zog das Medaillon unter meinem T-Shirt hervor.

»Nein«, schmunzelte Kami, während sie die große Vitrine öffnete. »Größere Juwelen, um die du kaum deine Finger schließen kannst. Das sind Datenspeicher für digitale Karten.«

»Ich verstehe«, antwortete ich.

»Na ja,« sagte sie schulterzuckend. »Wollen wir hoffen, dass er keine Karte gefunden hat. Aber wenn du von einer Ausgrabungsstätte hörst, die in der Wüste von Afrika einen alten Tempel findet, solltest du auf der Hut sein.«

Ich war mir nicht sicher, ob Kami wusste, dass ich sie angelogen hatte, ob sie mich warnen oder ob sie mir einfach nur eine wichtige Information geben wollte.

»Warum gerade da?«, versuchte ich unschuldig zu fragen.

»Weil dort definitiv ein Schloss liegt, in das das Zepter aus dem Tower of London hineinpasst«, sprach Kami und schaute mich direkt an. »Und er darf es auf gar keinen Fall öffnen, Daria.«

»Okay«, erwiderte ich besorgt.

Was mochte so gefährlich sein?

Hatte der Aufbewahrungsort des Zepters etwas mit dem zu tun, was es öffnen konnte?

Vielleicht sogar mit Pandora? Immerhin war London ›ihre‹ Stadt, wie Areion es mir gesagt hatte.

Denkst du, was ich denke? Kallistos Stimme klang mehr als beunruhigt.

Die Büchse der Pandora?, fragte ich sie. *Gibt es die denn wirklich?*

Der Name Pandora kann mit ›Allgeberin‹ übersetzt werden. Sie wurde, der griechischen Legende nach, auf Geheiß des Zeus von Hephaistos aus Lehm geschaffen, um an Prometheus Rache für den Diebstahl des Feuers zu nehmen. Die Götter schenkten ihr alle möglichen Gaben, wodurch die Übersetzung ›Allbegabte‹ traditionell wurde.

In ihrer Büchse befanden sich alle Übel der Welt, aber auch die Hoffnung, die von manchen Philosophen als das größte Übel bezeichnet wird.

Nachdem sie den Bruder des Prometheus heiratete, öffnete sie die Büchse und entließ Übel, Mühen, Krankheiten und Tod und verschloss diese wieder, bevor auch die Hoffnung entweichen konnte.

Grundsätzlich bringt man die Büchse der Pandora immer noch mit den schrecklichsten Dingen in Verbindung. Wenn also das in London aufbewahrte Zepter in der Lage war, das, was auch immer die Mythologie als Büchse ansah, zu öffnen, konnte das Schreckliches für die Menschheit bedeuten.

Auf einmal machte es unglaublichen Sinn für mich, dass Pandora ein apokalyptischer Reiter war.

Schrecklich, wenn man recht behält, dachten Kallisto und ich gleichzeitig.

Wenn der Londoner Tempel von der Funktion des Zepters wusste, warum vertraute er dann dem Haupttempel nicht mit dieser Information?

Irgendetwas stimmte nach wie vor nicht.

Mir wurde klar, dass meine ›Schwerter‹ und ich unbedingt nach dem Zepter suchen mussten. Sie waren die Einzigen, denen ich wirklich vertraute. Nur als Großmeister würde mich der Rat selbstverständlich nicht gehen lassen.

»Das wäre erledigt«, verkündete Kami und holte mich zurück an die Oberfläche der Realität. »Sollen wir nun gehen und die Kitsune fragen, ob sie es mit deiner Immunisierung probieren wollen?«

»Auf jeden Fall!«, erwiderte ich mit Begeisterung, die mein Herz nicht erreichte.

Das beklemmende Gefühl in meiner Brust wollte mich einfach nicht verlassen.

Epilog

Tief atmete ich durch und hatte das Gefühl, eine riesige Last würde von meinen Schultern fallen, wenn auch meine Beklemmung sich kaum verringerte. Aber mir war, als wäre ich in der Lage, ein bisschen besser zu atmen.

Es war notwendig, auch wenn viele Dinge dadurch für mich schwerer wurden, doch hatte ich keine andere Wahl.

Totenstille breitete sich, wie die spürbare Hitze einer frisch aufgegossenen Sauna, im runden Ratssaal aus.

Mir war fast so, als wäre ich in der Lage, den Anwesenden beim Denken zuhören zu können.

»Würden Sie das bitte noch einmal wiederholen, Großmeisterin?«, fragte Maria Maron mit vor Unglauben zitternder Stimme.

»Selbstverständlich, Ratsmitglied«, antwortete ich mit einem freundlichen Lächeln. »Ich trete hiermit mit sofortiger Wirkung als Großmeisterin des Ordens der Templer zurück.«

ENDE

Charaktere

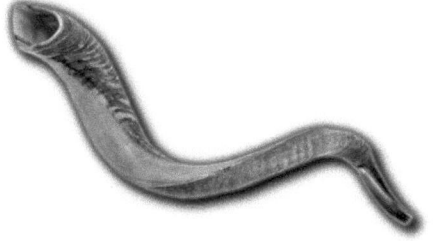

Im Folgenden erhaltet ihr eine kurze Übersicht über alle Charaktere, die in den vergangenen Erzählungen erschienen sind oder erwähnt wurden.

Alphabetisch sortiert nach Spezies und Vornamen.

Atlanter

Areion Poseidon, auch ›Ryan P. Seydn‹ oder ›Ryan Weir‹, neuer Titan, Abgesandter Atlans auf der Erde

Helios Ôch Apollon, Darias leiblicher Vater, Titan

Kainis, Teil von Areions Team, Daimon

Kerykon, Teil von Areions Team, Daimon

Phaia, Teil von Areions Team, Daimon

Erleuchtete

Adelaide Keating, ehemalige Großmeisterin des Ordens, Verräterin am Templerorden, ehemalige Professorin an Darias Universität, im Bunde mit Apophis

Felice Segantini, ehemals Darias beste Freundin und von Apophis / den Erleuchteten auf Daria angesetzt, es ist unklar, ob sie jetzt Lilith dient.

Jack (Nachname unbekannt, vermutlich tot), Felices Freund

Exilanten (geächtete Atlanter)

Apophis Marduk, Sohn des Erebos, auch bekannt als ›Loki‹, ›Luzifer‹ und ›Prometheus‹, ehemaliger Titan

Kami Inari oder Kaminari, ehemalige Assistentin von Apophis, Alessias Geliebte

Feenvolk

Alessia (Zugehörigkeit unbekannt), auch ›der zweite Reiter‹, Kamis Geliebte, dunkle Fee, von Daria als ›rote Fee‹ bezeichnet.

Galahad at Avalon, Prinz von Avalon, Sohn von Gwenhwyfar

Gwenhwyfar at Avalon, Königin von Avalon, Nimoes Tochter, Galahads Mutter

Kallisto at Albion, Prinzessin von Albion, Seele in Caliburn (»aus Kallisto geboren«) übertragen

Lilith, auch ›Nemesis‹, ›der Tod‹, der vierte Reiter, dunkle Fee, von Daria als ›schwarze Fee‹ bezeichnet.

Nimoe at Avalon, auch ›der erste Reiter‹, Gwenhwyfar Mutter, aufgelöst in die Krone, dunkle Fee

Pandora (Zugehörigkeit unbekannt), auch ›der dritte Reiter‹, dunkle Fee

Hexen

Claire ›Parcival‹ Morgana ap Teine, Halbschwester von Artus und zweite Großmeisterin. Ahnin der nach ihr benannten Familie St. Claire.

Isadora Crane, ehemalige Hüterin der Hexenprüfungen auf Avalon für Caliburn, nun Darias Mentorin, offiziell ›Haushälterin‹ auf dem St. Claire Anwesen.

Menschen (ohne Zugehörigkeit)

Annabelle Yako, Ehefrau von Apophis, eingeweiht

Frau Wagner (Vorname unbekannt), Noahs und Markus' leibliche Mutter, unwissend

Hana Yako, Apophis' vermeintlich sterbliche Tochter mit Annabelle, unwissend

Harald Martin, Dekan der Universität, unwissend

Jules (Nachname unbekannt), Reginalds Nachbar, Student an Darias Uni, unwissend

Markus Wagner, Noahs Bruder, Priester, eingeweiht

Nikolas Yako, Apophis' vermeintlich sterblicher Sohn mit Annabelle, unwissend

<u>Robert</u> Wagner, Noahs Ziehvater, Markus' Vater, unwissend

Nephilim (Halbatlanter)

<u>Artus</u> Pendragon, Sohn des Pontos, Bruder von Claire, erster Großmeister, König von Camelot

<u>Jesus</u> von Nazareth

<u>Reginald</u> Peterson, Naphil (Halbatlanter), Darias Halbbruder väterlicherseits, Gelehrter des Tempels, Spion für die Atlanter, Ehemann von Karina, Adoptivvater von Helena

Otherkin

<u>Helena</u> Peterson, ehemals Vanko, Schneeleopard, Adoptivtochter von Reginald und somit Adoptivnichte von Daria

Josefine »<u>Josie</u>« (Nachname unbekannt), (Sirene), ›Schwert‹ von Daria

<u>Karina</u> Peterson, ehemals Vanko, Schneeleopard, Ehefrau von Reginald und somit Schwägerin von Daria

<u>Keiko</u> (Nachname unbekannt), Kitsune (Fuchsgeist), Kamis persönliche Dienerin / Vertraute

Leo (Typ unbekannt), ›Schwert‹ von Daria

<u>Pegasos</u> (Nachname unbekannt), (Typ unbekannt), nun künstliche Intelligenz von Areions Gefährt

<u>Peter</u> Wolfen (Typ unbekannt), Hauptmeister und ehemaliger Kollege von Richard

Templer

<u>Alex</u> Cross (verstorben), Sohn von Michael Cross

<u>Carmen</u> Maas, Darias Assistentin

<u>Clarice</u> St. Claire (ap Teine), verschollene, ältere Schwester von Geraldine und somit Darias Tante

<u>Eloise</u> Deveraux (geb. Chevalier), Archäologin und Kollegin von Daria, Ehefrau von Tom, Lilys Adoptivmutter

<u>Esther</u> (Nachname unbekannt, verstorben), Gabriels Partnerin in der Garde

<u>Gabriel</u> St. Claire (verstorben), Darias Halbbruder väterlicherseits, Gardist

<u>Geraldine</u> St. Claire (ap Teine), Darias Mutter

<u>Hannibal</u> da Silva, Toms Vater, Teresas Onkel, Ratsmitglied, Daria zugewandt

<u>Hektor</u> Cross, Michael Cross' letzter verbliebener Sohn, ›Schild‹ von Daria, Ex-Gardist

<u>Jason</u> Cross (verstorben), Sohn von Michael Cross

<u>Kai</u> (Nachname unbekannt), ›Schwert‹ von Daria

<u>Lily</u> Deveraux, Eloises und Toms Adoptivtochter

<u>Maria</u> Maron, Patricks Mutter, Ratsmitglied, Daria abgeneigt

<u>Mark</u> (Nachname unbekannt), ›Schwert‹ von Daria

<u>Mathieu</u> Diaz, Leiter der Ausgrabungsstätte

<u>Michael</u> Cross, Hektors Vater, Samsons Onkel, Ratsmitglied, Sicherheitschef / General des Tempels, Daria zugewandt

<u>Patrick</u> Maron, Marias Sohn, Keatings Assistent an der Uni und im Tempel

<u>Richard</u> Russel-St.Claire (verstorben), Darias Ziehvater

<u>Sadiq</u> Al-Raddi, Sicherheitschef der Ausgrabungsstätte

Samson »<u>Sam</u>« Cross, ›Schwert‹ von Daria, Hektors Cousin, Michaels Neffe

<u>Simon</u> Ritter, ehemaliger ›Schwertkopf‹/ Anführer von Darias ›Schwertern‹, verstorben

<u>Teresa</u> da Silva, Hannibals Tochter, Darias Trainerin, Toms Cousine, ›Schild‹ von Daria

<u>Tom</u> Deveraux, Eloises Mann, Lilys Adoptivvater, Hanibals Neffe, Darias Ex-Verlobter, ehemaliges ›Schild‹ von Daria

<u>Valerie</u> St. James, Carmens ehemalige Freundin

Sonstige

<u>Bastet</u>, biomechanischer Wächter von Daria in Größe einer Hauskatze, kann sich in einen Panther verwandeln und hat die Fähigkeit des Juwels absorbiert

<u>Ben</u>, Klon oder Zwilling von Noah, Sohn von Apophis, Scharfschütze, arbeitet eventuell für die Erleuchteten

<u>Daria</u> Kirke St. Claire (ap Teine), (Spezies unbekannt), Tochter von Geraldine und Helios, Großmeisterin des Templerordens, Freundin der Otherkin, Heilige der Otherkin

<u>Noah</u> Wagner (verstorben), Markus' Halbbruder, Darias ehemals bester Freund, vernichteter Untoter

<u>Sachmet,</u> biomechanischer Wächter von Reginald und seiner Familie, in Größe einer Hauskatze, kann sich in einen Panther verwandeln.

Die Artefakte

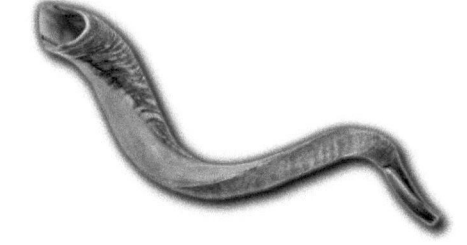

Das Grimoire – Transportabler Gedächtnisspeicher von Helios mit künstlicher Intelligenz, als altes Buch getarnt. Ist in der Lage, seine äußere Erscheinung minimal zu verändern. Wurde an Helios zurückgegeben.

Das Athame – ein doppelschneidiger Ritualdolch, der Atlantern die Möglichkeit gibt, sich selbst zu töten. Wurde von Daria aus dem sich in der Schatzkammer des St. Claire Stadthauses befindenden Fluchwächter gestohlen und den Atlantern übergeben.

Das Medaillon – Ein Geschenk des Apophis an Darias Ahnin Claire. Der in Gold gefasste Stein verwandelt sich in ein energetisches Schutzschild. In Darias Besitz.

Der Gral – Größtes Heiligtum des Ordens. An Artus' Tafelrunde (dem Ursprung der Templer) durch den Engel Ôch – von Helios – auf Claires Bitte hin zurückzugeben. Ist unabhängig von der Spezies in der Lage, tödliche Verletzungen zu heilen. Wird zudem genutzt, um anhand des Geschmacks des sich darin befindenden Wassers zu prüfen, ob Kandidaten für die Garde würdig sind. Soll Engelsblut erkennen. Im Besitz des Tempels und nur für den Großmeister zugänglich.

Caliburn – Das mythologische, ›magische‹ Schwert von König Artus. Tatsächlich eine vom Atlanter Hephaistos erschaffene, hochtechnologische Waffe, in die während der Umwälzung Atlans die Seele der gefangenen Fee Kallisto ›gespeichert‹ wurde. Die Klinge kann unter anderem leuchten, brennen, Stein schneiden und unsichtbar werden. In Darias Besitz.

Das Juwel – Ein sogenannter Spezies-Kompass, der durch Anzeigen einer bestimmten Farbe die Spezies des Gegenübers angibt (diese Fähigkeit wurde von Bastet übernommen). Vermutlich auch ein Datenspeicher. Von Daria zerstört.

Die Schale – Eine Schale, die durch Anschlagen mit einem bestimmten Stößel eine Schwingung erzeugt, die Muskulatur aller sich im Wirkungsbereich befindlichen Lebewesen erstarren bzw. verkrampfen lässt, selbst wenn diese taub sind.

Die Lanze – Die mythologische Waffe, mit der einst dem Naphil Jesus in die Seite gestoßen wurde, um dessen Tod festzustellen. Ist in der Lage, die Nanitozyten des Ziels für eine nicht genauer definierte Zeit zu deaktivieren/ betäuben. Die Länge des Schafts ist variabel. Ehemalige Waffe der roten Fee Alessia. In Darias Besitz.

Das Horn – Das biblische ›Horn von Jericho‹, durch dessen Klang alle Otherkin, die seinen unterschwelligen Ton vernehmen, in den Krieg gerufen werden und dadurch in eine Raserei verfallen. Je nach Ton ist es auch in der Lage, Stahl und Stein zum Beben zu bringen und somit einstürzen zu lassen. Von Daria in die Obhut der sich im Exil befindlichen Atlanterin Kami Inari übergeben.

Die Reiter der Apokalypse

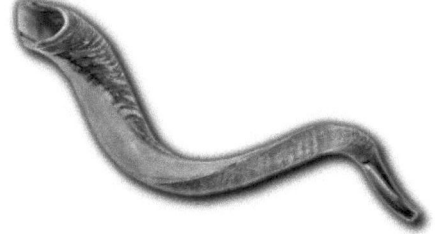

Der weiße Reiter

Und ich sah, und siehe, ein weißes Pferd. Und der daraufsaß, hatte einen Bogen; und ihm ward gegeben eine Krone, und er zog aus sieghaft, und dass er siegte. (Offenbarung 6:2)

Der rote Reiter

Und es ging heraus ein anderes Pferd, das war rot. Und dem, der daraufsaß, ward gegeben, den Frieden zu nehmen von der Erde und dass sie sich untereinander erwürgten; und ward ihm ein großes Schwert gegeben. (Offenbarung 6:4).

Der schwarze Reiter

Und ich sah, und siehe, ein schwarzes Pferd. Und der daraufsaß, hatte eine Waage in seiner Hand. (Offenbarung 6:5).

Der Reiter des fahlen Pferdes

Und ich sah, und siehe, ein fahles Pferd. Und der daraufsaß, des Name hieß Tod, und die Hölle folgte ihm nach. Und ihnen ward Macht gegeben, zu töten das vierte Teil auf der Erde mit dem Schwert und Hunger und mit dem Tod und durch die Tiere auf Erden. (Offenbarung 6:8).

Anders als in der geläufigen Bibel ist der der Templer Reiter des fahlen Pferdes und in Schwarz gekleidet, so wie Liliths Farbe, wenn sie die Form verliert. Daher nennt sie sich ›der schwarze Reiter‹. ›Der Tod‹ an sich wird auch immer als in Schwarz gekleidet beschrieben.

HAT DIR ›DAS HORN‹ GEFALLEN?

Über eine Rezension würde ich mich sehr freuen.

Wenn Du willst, geht es weiter mit:

DIE KRONE
FORBIDDEN ARTEFACTS 10

Als ein schwer verletzter Galahad vor den Toren des St. Claire Anwesens bewusstlos zusammenbricht, kann das nur eines bedeuten: Avalon, der letzte bekannte Feenhof, wurde angegriffen. Nur der Träger von Excalibur kann jetzt noch die Königin retten, die sich weigert, den Invasoren den Standort von Artus' Krone mitzuteilen. Auch wenn jede Stunde einer ihrer Untertanen brutal hingerichtet wird.

Die Krone ist der zehnte Teil der Forbidden Artefacts-Reihe und kann nicht ohne Kenntnis der anderen Teile gelesen werden